Okumaya başladığım tarih
24. August. 2018

RASİM ÖZDENÖREN

GÜL YETİŞTİREN ADAM

Sertifika no: 17313

İZ YAYINCILIK: 141
bütün eserleri dizisi: 09
ISBN: 978-975-355-166-3
32. Baskı; İstanbul, 2018

Litros Yolu, Fatih Sanayi Sitesi 12/280, Topkapı-İstanbul
telefon: (212) 5207210 • faks: (212) 5115791
www.iz.com.tr • bilgi@iz.com.tr

kapak fotoğrafı: Seyfettin Sarıçam
kapak: Hamdi Akyol

Basıldığı yer: Alemdar Ofset Matbaacılık Davutpaşa Caddesi
Besler İş Merkezi No: 20/29 Topkapı/İstanbul (Sertifika no: 22953)

RASİM ÖZDENÖREN

GÜL YETİŞTİREN ADAM

roman

İZ YAYINCILIK

RASİM ÖZDENÖREN; 1940'ta Maraş'ta doğdu. İlk ve orta öğrenimini Maraş, Malatya, Tunceli gibi Güney ve Doğu şehirlerinde tamamladı. İ.Ü. Hukuk Fakültesi'ni ve İ.Ü. Gazetecilik Enstitüsü'nü bitirdi. Devlet Planlama Teşkilâtı'nda uzman olarak çalıştı. Bir ara araştırma amacıyla ABD'nin çeşitli eyaletlerinde, 1970-1971'de iki yıl kadar kaldı. 1975 yılında Kültür Bakanlığı Bakanlık Müşavirliği görevine geldi. Aynı bakanlıkta bir yıl da müfettişlik yaptı.
1978'de istifa ederek ayrıldığı devlet memurluğuna bir süre sonra (1980) Devlet Planlama Teşkilâtı'nda çalışmak üzere tekrar döndü. Uzman, daire başkanlığı, genel sekreter yardımcılığı, genel sekreterlik, müşavirlik görevlerinde bulundu. 2005 yılında, devlet memurluğuna noktayı koyarak kendi deyimiyle özgürlüğünü ilân etti.
Türk öykücülüğünün ve deneme yazarlığının gelmiş geçmiş en usta kalemlerinden biri olarak temayüz etti.

Yazarın eserleri şunlardır: *Hastalar ve Işıklar* (öykü, 1967), *Gül Yetiştiren Adam* (roman, 1979), *Çözülme* (öykü, 1973), *Çok Sesli Bir Ölüm* (öykü, 1974), *Çarpılmışlar* (öykü, 1977), *Eşikte Duran İnsan* (denemeler, 2000), *Denize Açılan Kapı* (öykü; Yazarlar Birliği'nin 1984 'hikâye' alanında 'yılın hikâyecisi' ödülü, 1983), *İki Dünya* (denemeler, Türkiye Millî Kültür Vakfı fikir dalında 1978 jüri özel ödülü, 1977), *Yaşadığımız Günler* (denemeler, 1985), *Ruhun Malzemeleri* (denemeler, 1986), *Yeniden İnanmak* (denemeler, 1987), *Müslümanca Düşünme Üzerine Denemeler* (denemeler, 1985), *Müslümanca Yaşamak* (denemeler, 1988), *Kafa Karıştıran Kelimeler* (denemeler, 1987), *Yumurtayı Hangi Ucundan Kırmalı* (denemeler, 1987), *Red Yazıları* (denemeler, 1988), *Yeni Dünya Düzeninin Sefaleti* (denemeler, 1996), *Ben ve Hayat ve Ölüm* (denemeler, 1997), *Acemi Yolcu* (denemeler, 1997), *İpin Ucu* (denemeler, 1997) *Çapraz İlişkiler* (denemeler, 1987), *Kent İlişkileri* (denemeler, 1998), *Yüzler* (denemeler, 1999), *Köpekçe Düşünceler* (denemeler, 1999), *Kuyu* (öykü, 1999), *Hışırtı* (öykü, 2000), *Ansızın Yola Çıkmak* (öykü, 2000), *Aşkın Diyalektiği* (denemeler, 2002) *Toz* (öykü, 2002) *Yazı İmge ve Gerçeklik* (denemeler, 2002), *Düşünsel Duruş* (denemeler, 2004), *İmkânsız Öyküler* (öykü, 2010), *Siyasal İstiareler* (denemeler, 2009) *Açık Mektuplar* (2014), *Uyumsuzlar* (öykü, 2015). *Edebiyat ve Hayat* (denemeler 2017). *Elli Yılın Öyküsü* (toplu öyküler, 2017).

Çok Sesli Bir Ölüm ve *Çözülme* adlı hikâyeleri ayrıca TV filmi yapılmış, bunlardan ilki, Uluslararası Prag TV Filmleri Yarışmasında jüri özel ödülünü almıştır.
Türk Dil Kurumu, Kültür ve Turizm Bakanlığı, RTÜK'ün iştirakiyle düzenlenen Karaman Türk Dili Ödülü'nde "Türkçeyi güzel ve doğru kullanan edebiyatçı ödülü" Rasim Özdenören'e verilmiştir (2008). 2009 yılında TBMM Üstün Hizmet Ödülü'ne layık bulunmuştur.
Kendisine, Kahramanmaraş Sütçü İmam Üniversitesi tarafından 2011'de ve Sakarya Üniversitesi tarafından 2015'te fahri doktora unvanı verilmiştir. Star gazetesinin geleneksel "Necip Fazıl Kısakürek Ödülleri"nde "Saygı Ödülü"ne layık bulunmuştur (2015). Cumhurbaşkanlığı Kültür Sanat Büyük Ödülü 2015 yılında kendisine tevdi edilmiştir.

Şehir yıkıntıları. Ve insan yıkıntıları.
Kadavralar. Kadavralarla uğraşarak bir
yere gelinir mi?
Büyük bir kale
muazzam bir toprak yığını şehrin göbeğinde
minareler
kubbeler
dar
sokaklar
sokaklar
topraktan.
ANA CADDE
eskiden parke taşı döşeliydi
şimdi asfalt
parke
taşları
asfaltın
altın
da
kaldı.
Bu şehri sonbaharda

poyrazın deli deli estiği
bir ikindi vaktinde
görmelisiniz.
Sallanır
poyraz
her yanından
sarsar
çinko kaplamalı çatılar ıslık çalar
yalnız damlarda değil
sokak aralarında
ve
şehrin altında
kavşak noktalarında
bir yalnızlığın ortasındadır
ilk çağlardan kalmıştır
yüzlerce yıl yalnız kalmıştır.
Aylar
TEMMUZDUR
AĞUSTOSTUR
EYLÜLDÜR
        şire vakti
EKİMDİR
        bağdan dönülür
        kışa hazırlanılır
KASIMDIR
ARALIKTIR
        amansız soğuklar
        rutubetli soğuklar
        yayla
        dağ havası
OCAKTIR

ŞUBATTIR
odun sobaları
sobalardan çekilen ateşler
yorganların altına kürsü kurulur
nedir kürsü bilir misiniz?
MARTTIR
NİSANDIR
hulâsa
geçen
ZAMANdır
İnsanlar neyi arar bu şehirde? Sokaklarda
çarşı içlerinde
dar gediklerde
İnsanlar nereye gider? Pınarbaşı
mesiredir
Şahadil kabristan.
Bir hastanenin önü.
Acil servisin kapısında bir yaralı var
bıçaklanmıştır
kan davasına gitmiştir
trafik kazasıdır
zehirlenmiştir.

Gece yarısı geldiler. Yatıyordum. Bir konuğum vardı. Daha uyumamıştım. Kapı çalınır çalınmaz kalkıp baktığım halde kimse yoktu kapıda. Tokmağa bir kartvizit sıkıştırmışlardı. Baktım Sitare'nin.

Sitare diye bağırdım.

Burdayız, dedi sesi karanlıklardan.

Evdeyim, gelin.

Uyumuşsundur diye beklemedik.

Hayır, uyumadım gelin.

Dört kişiydiler. Biri Sitare'nin kocası, Çarli. Öteki ikisi yeni evli bir çift.

Kapıdan girerlerken:

Rahatsız ettik delikanlıyı, diyordu Sitare'nin kocası.

Bir çay içelim şöyle geçerken dedik, dedi Sitare.

Buyrun buyrun, dedim, hoş geldiniz.

Girmiyelim, dedi Sitare'nin kocası, rahatsız ediyoruz.

Ne münasebet, buyrun, girin içeri, sevindirdiniz beni.

Sevinç sesleri çıkararak doluştular kapıdan, bir Çarli somurtuk duruyordu. Yüzü, geniş incir yaprakları gibi yüzü, iki solgun, kıpırtısız delik halinde gözleri.. daha oturur oturmaz gidelim diye tutturdu.

Gidelim Sitare, gitmem gerek benim.

Ulu caminin saçaklı minaresi göğü bir çınar kökü gibi sarıp kucaklamış, kuşlar uzun gagalarıyla –leylektir bunlar– saçağın altına yuva kurmuşlar, her zaman loş, serin olan cami avlusundan gelip geçen eksik olmaz:

Selamünaleyküm gardaş

Ve aleykümüsselam gurban

Ne var ne yok?

Bildiğin gibi.

Peder nasıl?

O da öyle.

Hasta mı?

Hep öyle, yatıyor işte.

Allah şifalar versin.

Sağol.

Gecenin karanlıklarında karanlığın engin, derin boşluğunda bir leylek takırdıyor, bir mitralyöz sesi gibi, ka-

Bir tür makineli tüfek gibi

ranlığı ve uzaktan Arkbaşı'nın bayırlarını, Pınarbaşı'nın koruluğunu yokluyor, nar yaprakları ve vişne yaprakları, kaysı ağaçlarının kara yeşil yaprakları, kavaklar hışırdayarak kıpırdanıyor, Pınarbaşı'nda koca bir ceviz ağacının altında, suları pırıl pırıl, berrak bir derecik, bir çocuk boyu yüksekliğindeki şelaleden dökülüyor, gül yapraklarının özüne sinmiş kırmızılıklar açılıp dağılıyor, tozlar gibi yayılıp dağılıyor, leylek yuvasına uzanıyor, hacı leylekler kıpırtısız gözleriyle bu kırmızı tozların gecenin içine sinmesini bekliyor, kendileri artık o saçak altındaki yalnızlıklarından bile uzakta olarak.

Avluda biri aceleyle kollarını çemriyor.

Geç mi kaldık ne babam?

Geç ya, farza durmuş cemaat.

Benim abdestim var, ben giriyorum.

Ben de gelirim şimdi.

Çarli salondan bağırıyor –salon dediysem bir yoksul salonu gene de, bir antresi bile yok, dış kapıdan doğruca salona giriliyor, döşemesi solmuş, eprimiş bir kanepe, iki koltuk, bir iki yoksul sandalye hezarenden, bir iki tahta sehpa, bir teneke sehpa.

Sitare, diye bağırıyor Çarli.

Sabırsızlanma Çarli, diyor Sitare mutfak kapısından başını uzatarak, çay demliyoruz işte, görüyorsun.

Gitmem gerek benim.

Biraz daha sabır nonoşum, birlikte kalkarız şimdi.

Sitare mutfağa çekiyor başını.

Naz yapıyor, biliyor musun, diyor bana.

Yaşlı o, diyorum, hasta da, hoş göreceksin.

Kendi halini bilse ya, o da yok, koca öküz.

Şehrin bir yerinde birileri ölüyor, ne korkunç! Beklenmedik ölümler beklenen ölümler apansız gelenler ağır ağır gelenler ihtar edip gelenler habersizce gelenler. Kahvede otururken ölenler bir otobüs yolculuğunda ölenler gece yatağına yatıp da kalkmayanlar vazife başında can verenler onulmaz hastalıklardan ölenler başını taş duvarlara çarpa çarpa gidenler aşk derdiyle ölenler, aşksız ölenler. Birileri hastalanmaya hazırlanıyor öksürüyorlar ya da öksürmeden şuralarında bir sızı, uzaktan, üstlerine kondurmadıkları bir sızılarla, böyle başladığını bilmiyorlar ya da bilmezlikten geliyorlar, çünkü beklemek çok korkunçtur, usul usul geleceğini bilerek ama ne zaman ölüm meleğinin kanadını açıp kendisini kapacağı anı bilmeden, bu meçhul anı bilmeden beklemek

Korkunçtur.

Gene de o mistik, o ulaşılmaz soru sorulacaktır bir gün.

Ey cemaatimüslimin, bu âdemi nasıl bilirsiniz?

İyi biliriz.

Rûzu mahşerde şahadet eder misiniz?

Ederiz.

Allah rahmet eyleye, diye bir sayha yükselir o anda. Cemaatin tüyleri ürperir, daha dün gördükleri, konuştukları, kendileri gibi soluk alıp veren, kendileri gibi yemek yiyen, öfkelenen, sabırsızlanan, üzülen, kandıran, kandırılan adam değil midir bu? Bu o adam değil midir, ağzı kelimeler yapan:

Şimdi bir sıcak çorba olsa da içsek, diyen.

Geç kalma, diyen.

Şimdi gelirim, diyen.

Saat kaç?

Dokuz.

Erkenmiş daha.

Saat kaç?

Biraz gecikmişiz galiba.

Saat kaç?

Tam zamanı.

Saat kaç?

Biraz daha bekleyebilirim.

Saat kaç?

Vakit hiç geçmiyor.

Vadesi ne zaman geliyor bu bonoların?

Bir hafta var daha.

Aman acele edelim.

Neyse vakit varmış daha.

Öğleye daha çok var.

Bu kış iki odaya da soba kuracağım.

Yazın memlekete gitmek istiyorum.

Ne çabuk geçiyor.

Bir türlü istediğine kavuşamamıştı, neydi istediği, niçin istiyordu: bir rahat soluk, sabahleyin asabı bozulmadan uyanmak, gözlerini sabah ezanına açmak, güzel şeyler görmek. Şeyler! Nesneler! Darmadağındı evin içi, hiçbir şeyi zamanında bulamazdı, çorapları zamanında yıkanmamıştı, sökükleri zamanında dikilmemişti. Oğulları haylazdı, karısı vurdumduymazdı.

Saliha çoraplarım nerde?

Nerde çıkardıysan ordadır.

Canım ne bileyim ben nerde çıkardığımı?

Kerevetin altına bakıver.

Geç kalıyorum, çorba hazır mı?

Biraz daha bekle.

Oğlanı erken gönder dükkâna, yalnız yapamıyorum, biliyorsun.

Bir sopa çekmeli deyyusa, öyle bir kötek atacaksın ki aklı başına gelecek.

Gene nerdeymiş?

Delikanlı adam oldu o artık, sorulur mu nerde olduğu?

Birileri hastalanmaya hazırlanıyor: bir pikniğe gidiliyor, işe gidiliyor, bir pasajdan geçiliyor, hızla gelen bir otomobilin önünden kaçılıyor, bir kağıt imzalanıyor, bağ kazınıyor, telefon ediliyor, zil çalıyor: bir paydos zili, bir telefon zili, bir kapı zili, bir bisiklet, teneffüs.. biri hasta olmaya hazırlanıyor.

Kiss me, diyor Sitare.

Sitare, diye fısıldıyorum.

Oh, come on, diyor.

Çayın suyu kaynıyordur, bir ağaçtan bir yaprak düşüyordur, bir korna sesi, ıssız bir dağ başında sabahın güneşine birden patlayıveren bir kır çiçeği, mazot kokusu, unutulmuş bülbül sesi, kır çiçekleri üzerine serpilmiş sakin, arı çiy tanecikleri, motorlar ve fabrikalar, zift kokusu, güneşte eriyen bir nesneler, hep bunlar, her yerde, aynı anda.. bir balıkçı pantolonu aldı kendisine, incik boncuk aldı, takıp takıştırdı Sitare, entelektüel kadın olmanın başarısıdır bu. Okuyamadığı, okumaya fırsat bulamadığı ya da daha başından okuyamayacağını bildiği kitaplar aldı, masanın üstüne, etajere, şuraya buraya bırakıp unuttu gitti, yenilerini aldı, bir ressama poz verdi, şimdi evin içi kendi kocaman portreleriyle dolu, adam boyu resimler orda burda duruyor, her gelen konuğuna aynı şeyi söylüyor, sanki yalnız bir o anlayacak kendisini: 'ayol bir gören olsa ne kadar kendine meraklı bir kadın bu diyecek' diyor, bir çeşit özür dilemedir bu ya da karşısındakinin hoşgörüsünü kazanma girişimidir: 'ressam tanıdığım da, ısrar etti, ben de dayanamadım, nerden bilebilirdim bu kadar çok resim yapacağını?'

Sitare, diye yükseliyor Çarli'nin sesi.

Patlama, diyor Sitare usulca.

Sonra bana dönüyor:

Onu ben adam ettim biliyor musun, iflastan ben kurtardım, ben olmasam çoktan top atardı Cehennem Ateşi Zift Döküm Fabrikası.

Bilmiyorum.

Çarli'yi aldığımdan beri hep hasta.

Yaa?

Evet.

Peki, niye evlendin?

Peşimden koşturuyordu, biraz da seviyordum onu galiba, ne bileyim işte, oluverdi..

Zavallı Çarli.

Zavallı koca öküz.

Susuyor birden.

Oh, darling, diyor, come on.

Sitare, diye fısıldıyorum.

Sitare, diye gürlüyor Çarli'nin sesi dışardan.

Yıllar önce –o yıllarda iki katlı evler seyrek görülürdü– sade bir evde yaşıyordu, bir şey yapmamanın da bir eylem olduğunu çoktan anlamıştı ve protesto için evden dışarı çıkmıyordu, evden dışarı çıkmasının, insanlar arasına karışmasının istemediği düzeni 'meşrulaştıracağı' inancındaydı ve bütün kasaba halkı onun bu sessiz protestosuna içten bir saygı duyuyordu ve onun bu devinimsiz eylemini değerlendiriyordu ve saygıdeğer bir yaşlı adam oluncaya değin ve hasatlığına hazırlanırken ve sonradan ölmeye hazırlanırken kendini bu dirençli, bu sessiz protestosu içinde görmüşlerdi: kim umutsuz bir beklemeden ibaret sanır bu bir ömrü dolduran protestoyu? Beklemek.. evet. Bekliyordu. Kim, kendini sonuçsuz bir beklemeye mahkûm edebilir ömür boyu?

Evin dışında olup bitenlere –çok şeyler oluyordu dışarda: değişen giysiler, bulunan yeni yeni araçlar, gereçler, çıkan savaşlar, yazın sıcakları, kış günlerinin soğukları, doğan çocuklar, ölen dostlar, hatta ezanın okunması, bayramlar– aldırmadan tam kırk yıl kalmıştı o aynı evin içinde Kuran okuyarak ve ibadet ederek ve yalvararak ve havf ederek. Sıcak bir yaz günüdür ya da soğuk bir kış günü yahut cıvıl cıvıl bir bahardır, o somut protesto, kendi sesinin gürleyişini bekleyerek gezinmektedir evin içinde sessiz, gösterişsiz, nümayişsiz. Hiçbir şey boşlukta sallanmamaktadır, saçmalık bile kendine bir dayanak noktası araştırmaktadır, her şey, bütün nesneler yaratılışlarındaki amaca doğru yürüyüp gitmektedirler: kara gecede, kara taşın üstündeki kara karıncanın kıpırtısı bile denetim altındayken som bilinç olan insanın –elbette *insan*'ın– kendini denetimden uzak sayması mümkün müydü? Mümkün müdür? Beklemek tüm anlamın kendisiydi, bekler ve düşünürdü, boşuna olamazdı, hiçbir şey boşuna olamazdı, boşuna değildi, sebepsiz, yersiz değildi, bekliyordu ve beklediği gelecekti. Yalnızlık –somut konumuna göre yalnızlık, yoksa yalnız duymazdı kendini– sezgilerini alabildiğine inceltmiş, bileylemişti. Avlusuna küçücük bir çiçeklik yapmıştı bu ara. Sofada gezinirken ya da inip çiçekleriyle uğraşırken, onları severken durup uzun uzun düşünürdü, gününün her anını cabadan yaşıyormuşça bir değerlendirme telaşıyla, acelesiyle, düşünülmedik, yapılmamış bir şey bırakmamak endişesiyle.

Sessiz bir gülümseyiş yerleşiyor dudağının iki kenarına sessiz bir protesto olarak. Yalvarma ve korku makamında durarak.

O gece bir yığın konuğu vardı Sitare'nin. Sitare'nin evi bir deniz kıyısındadır, bir dağ başındadır, büyük bir kentin orta yerindedir, bir sayfiyenin tenha köşelerindedir, avluyu renkli ampullerle donatmıştır, dalların, yaprakların arasında loş ışıklarını bırakan; masa Amerikan usulü bir kenardadır: selfservis. Herkes yiyor, içiyor, gülüyor, eğleniyor, Sitare yeni sevgilisini kolluyor, bir ara gidip onun oturduğu koltuğa ilişiyor.

Deli kız, diye kikirdiyor Zelda –kocası doktor onun, büyük iş yapıyor, Sitare'nin Cehennem Ateşi Zift Döküm Fabrikasında da hekim, Sitare'ye bakarsan bir İtalyan armatörle kocasını aldatıyor Zelda.–

Gülüşmelerin orta yerindeyken Sitare:

Haydin içeriye girelim, diye bağırıyor konuklara, Çarli içerde.

Gülüşüp itişerek, parmaklarının uçlarında sekerek stüdyoya doluşuyor konuklar.

Çarli hürmetli bir koltukta uzanmış kendini bırakmış mahmur gözlerle gelenleri seyrediyor, gelenlere bakıyor, gelenlere ne memnun olmuş, ne tedirgin, öyle, uzaktan, ırgalanmaz bakıyor, beş yıldır hastadır Çarli hep aynı koltukta oturur, tek eğlencesi konuşan bir Hindistan (belki Afrika) kuşudur, maynabörd denilen; kuşun çıkardığı çıngırak sesine bayılır –kuş satılmak üzere dükkânda beklerken kapının açılıp örtüldüğünü haber vermek için konulan çıngıraktan öğrenmiştir bu sesi çıkarmayı– sonra arada bir, kuşun şuh kadın kahkahaları vardır, Çarli o kahkahayı bekler, günaydın demesini, baybay demesini bekler, hiç yeri yokken cilveyle çapkın demesini bekler ve bütün konuklar gülüşür onun çapkın diye bağırmasına. Sitare:

Çarli, Çarli! diye atılıyor onun boynuna.

Çarli kıpırdamadan duruyor koltuğunda hiç ayrımsamamış gibi, oralı değilmiş gibi.

Sonra uzunçalar bir oryantal koyuyor pikaba ve konuklarını eğlendirmek için oryantal yapmayı deniyor becererek üstesinden gelerek.

Var ol, diye bağrışıyor konuklar nazik nazik.

Çarli, diye sesleniyor Sitare.

Çarli için her şey boştur boşlukta sallanmaktadır her nesnenin konumu terstir saçmadır.

Hadi Çarli bu dansı beraber bitireceğiz.

Çarli mahmur gözlerle bakıyor Sitare'ye, onu gördüğü belli değil.

Yavuz da istiyor Çarli hadi Çarli.

Yavuz o sırada ya plakları kurcalamakta, ya parmağını uzatarak maynabördü kızdırmaya çalışmaktadır. Çarli biliyor mu Yavuz'un Sitare'nin sevgilisi olduğunu? Herkes bildiği kanısındadır.

Haydi, Çarli nolursun kırma beni.

Çarli'nin koluna yapışıyor Sitare.

Bırak kolumu, diyor Çarli.

Arkadaşlar, diyor Sitare, sevgili dostlarım..

Zelda kocasının yanından ayrılıyor kırıtarak, Çarli'nin önünde duruyor. Zelda mankendir, üstünde her an yeni bir elbise teşhir ediyor havasındadır ve Sitare'nin ressam dostuyla –ressam değil adi bir boyacıdır diyorlar onun için– aralarında gelişen arkadaşlık kimsenin gözünden kaçmamaktadır.

Zelda iki elini kalçasına dayayarak duruyor Çarli'nin önünde.

Haydi, Çarli, diyor sitem yüklü sesini uzatarak, lütfen...

Oo, diyor Çarli.

Koltuğuna dayalı bastonunu kavramak için yelteniyor.

Olmaz, diye çığlık atıyor Sitare, bastonsuz. Çarli..

Utkulu gözlerini konuklara çeviriyor Sitare.

Dostlarım, diyor, görüyor musunuz dostlarım?

Yaşa Çarli, diye bağrışıyor konuklar.

Çarli'ye ben yaşama gücü veriyorum, diyor Sitare, görüyorsunuz işte, ben olmasam çoktan ölürdü o, değil mi dostlarım, öyle değil mi Çarli?

Çarli ayağa kalkıyor, Sitare, Çarli'nin dayandığı bastonu kapıp atıyor, Çarli ayağını sürükleyerek bir tur atıyor salonun ortasında konukların neşeli –aslındaysa hüzün dolu, acımalı bakışları altında– koltuğuna dönerken hepsi el çırpıyor Çarli'nin başarısına.

Çarli bitkin bir halle koltuğuna bırakıyor kendini, gözlerini yumuyor.

Bir daha Çarli, diyor Sitare, nolursun bir kerecik daha.

Yapma, diye inliyor Çarli, sevgilim.

Onu ben adam ettim, diyor konuklara Sitare, sonra Çarli'ye dönüyor: öyle değil mi Çarli, diyor, seni ben adam etmedim mi, iflastan ben kurtarmadım mı seni?

Sitare, diye inliyor adam, Sitare..

Cehennem Ateşi Zift Döküm Fabrikasını.. ben.. değil.. mi...?

Müziğin sesi iyiden iyiye yükseliyor pikaptan.

Kes şu Allahın belası müziği, diye mırıldanıyor Çarli, herkes evine gitsin artık, yalnız kalmak istiyorum.

Gelişmeye başlıyor şehir, yıllar önce bir bataklık ve sıtma yatağı olan ova, o kara ova, bugün bereketli tarlaların serpildiği bir alandır, ovanın orta yerlerine, dağ eteğinin oldukça uzaklarına sevimli bir tren istasyonu yapıldı ilkin, kent sonra sonra oralara doğru uzanmaya başladı, kimileri kentin bu, ovaya doğru akışını yanlış buluyor, kent yukarılara doğru ya da hiç olmazsa eteğine kurulduğu dağın iki yamacına doğru gelişmeliydi, diyorlar, çünkü kentin hayat kaynağıdır bu ova diyorlar, bu ova olmasa bu kent batar, diyorlar.

O, hep kendi evindedir, evinin dışında olup bitenlere ilgisizdir, kendi protestosunu yükseltmektedir, baharla açılan, renk renk serpilen çiçek tarhlarını seyretmektedir, çiçeklerin kokusunu duyumsamaktadır, güzün yaprakların kuruyuşunu, çiçeklerin tükenişini, bir kuru yapraktan ibaret kalışlarını..

Gezinmektedir evin içinde, kitap okumakta, düşünmektedir, yaradanı anmaktadır, yalnız onunladır, onunla başbaşadır, onu tesbihle uğraşmaktadır. İşte, kendine ilke bellediği söz: Bir kimse zalim bir padişaha adildir dese kâfir olur demişler. Ve susuyordu adil dememek için zalime.

Kendi hayatını sürdüren bir dervıştir o, kimseye kendisi gibi yaşamasını öğütlemez ama kimseyi de kendi hayatına karıştırmaz.

Karısı ölmüştü, şimdi torunları var, haftada birkaç kez yoklamaya gelirler onu, gereksinmelerini karşılamaya çalışırlar, o da torunlarıyla konuşur, torunlarının çocuklarını ellerinden tutarak küçük çiçek bahçesinde gezindirir, belki onların henüz anlamaktan uzak bulunabilecekleri şeyleri anlatır:

Ben yaşlandım artık, ölümü bekliyorum, ölüm nedir biliyor musun? Önünde sonunda çalacağımız tek hakikat kapısı, bizi bir yaradan var, yaradanın emriyle gene kendisine dönüşümüzdür ölüm, bir daha ölmemek üzere dönüşümüzdür ona.

Nasıl döneceğiz ona, diye sorar çocuk.

Şu çiçekleri görüyor musun? Kurumuşlar. Bunların renk renk açıldığı mevsimi hatırlıyor musun? Şimdi yok işte onlar, ama sahiden yok mu?

Öyle mi oluyor, diye bakar çocuk.

Gününü değerlendirmeye bakacaksın.. günün nasıl değerlenir, bak anlatayım: şimdi ömrünü bitmiş say, ömrün bitmiş de sen yalvarmış, yakarmışsın, sana gözyaşların için cabadan bir gün daha vermişler.. işte şu anda da o bir tek son günün içinde bulunuyorsun.. işte o son günde ne yapacaksan, her gün onu yapacaksın.

O zaman bu bahçede gezinmem ki, der çocuk.

Ne yaparsın ya?

Ağlarım.

GECE

KANLIDERE KÖPRÜSÜ. ABARABAŞI.

AY UZAKLARDA.

ÇAPAKLI BİR AYDINLIK,

YENİ DOĞMUŞ BİR BEBEĞİN GÖZLERİ

GİBİ

KIRAÇ AHIR DAĞI'NIN YAMAÇLARINA VURUYOR, ARZUSUZ.

Bir adam köprünün korkuluğuna dayanmış.

Kalenin burçları geceye meydan okurcasına, hırslı, enli, heybetli dişlerini açmış.

GECEDİR.

HASTANE PENCERELERİ

Hassas bir kulağın yakalayabileceği derin acı çığlıklar, iniltiler.

Ölüm koğuşunun kapısının önünde telaşlı, daha ölüme kanıksamamış insanlar. Bir gidip bir gelirler.

SARHOŞ ÖKSÜRÜKLERİ.

Deniz aşırı ülkelere o ülkenin insanları o ülkenin ağaçları toprağı yıldızları ve okyanusta şavkıyan

AY IŞIĞI.

HÜZÜNDÜR İÇ ÇEKMESİDİR DÖVÜNMEDİR.

Ve

BALÇIK GİBİ BİR

GECE

Herkes nasıl anlayacaksa öyle biçimlenen.

SESSİZLİKTİR. BİR PATLAMADIR ÜRPERTİ VEREN.

Su kaynıyor, diyorum Sitare'ye.

Çay nerde?

Şurda işte.

Havagazını kesiyor, demliğe çay atıyor.

Bardakların temiz mi? Temiz bardağın var mı yani?

Yıkarım şimdi.

Hey Çarli, diye sesleniyor, sen bir bardak bile yıkayamıyorsun.

Sitare, diyen sesi işitiliyor Çarli'nin.

İzin verirsen ben yıkayayım, diyor bana.

Yok canım, dert değil.

Çarli bir bardak bile yıkıyamıyor, diyor bana, ama onu ölümden kurtardım. Sonra dışarıya sesleniyor: Değil mi Çarli, seni ölümden kurtarmadım mı?

Sitare, diyor Çarli, sesi inliyor.

Evlendiğimizde kocaman bir şeydi Çarli, yüzyirmi okka çekiyordu.

Bardaklar tamam mı, diyorum.

O gece hastalandı Çarli, diyor Sitare, zavallı Çarli.

Bardakları kurulamaya başlıyor.

Zavallı Çarli, diye fısıldıyor Sitare sırtımdan, tam da o gece hastalandı.

Çörek ister misin, diyorum.

Hep hasta, diyor Sitare, bir yandan da gözleriyle çöreklerin yerini araştırıyor.

Sen salona git, ben hazırlar getiririm her şeyi, diyorum.

Zavallı Çarli, diyor.

İçerden Çarli'nin sesi duyuluyor.

Hadi canım, gidiyorum ben, diyor, yüzünü uzatıyor.

Alnına dudaklarımı değdiriyorum.

Çocuk, diyor anlayışla, çocuk.. çocuksun sen.

Boynuma sarılıyor.

Çarli'nin sesi duyuluyor içerden:

Sitare!

Sitare bırakmıyor.

Kiss me, diye fısıldıyor, kiss me, kiss me, kiss me.

Sitare, diyorum.

Bir hastanenin acil servisindeyiz. Bekleme odasındayım. Çarli'nin kaydını yaptırdım. Çarli'yi içeriye aldılar. Sitare telaşla oraya buraya koşuyor, çırpınıyor. Hasta bakıcıları, odacıları yakalayıp sorular soruyor. Çarli'nin kaydını yaptırdıktan sonra koridorda bir kanepeye oturuyorum. Başkaları da var. Çaresiz.. bekliyoruz. Beklemek burada bir umut değil, endişedir, herkes kendi endişesinin bulanık çalkantısında döneniyor, zamanın küçük aralıkları, dar aralıkları bir bir geçip gidiyor –zamanın aralıkları mı, yani boş bıraktığı, yok bıraktığı, işlemeden bıraktığı aralıklar, ihmal edilmiş geçitler?–

Gece kriz geçirdi Çarli, Sitare'nin telefonuyla uyanıp hastaneye geldim, oysa sabahleyin hafta sonunu geçirmek için kent dışına çıkacaktık, bilmem, ne yapacağız şimdi? ŞİMDİ.

Uyuklamaya başlıyorum kanepede, bir ara insan sesleriyle uyandım, yeni bir hasta getirdiler, genç bir çocuk, getirenler yakınları olmalı, kardeşi, sınıf arkadaşları, komşuları falan, birden komaya girmiş, daha önce hiçbir hastalığı yokmuş, belirsiz bir baş ağrısından yakınırmış, bir genç doktor gelip bakıyor delikanlıya, sorular soruyor, kardeşi olduğunu sandığım delikanlı cevaplıyor onu.

Hiç şikâyeti yok muydu?

Yoktu efendim.

Akşam ne yemiştiniz?

Her zamanki gibi...

Sonra?

Gündüz biraz yorulmuştu, odun almıştık, onu kırdı, sonra yeğenlerini de sever, onlarla oynadı, akşam yemeğinden sonra gitti çukulata aldı çocuklar için, sonra yorgunum, halim yok, dedi, yattı. Biz de erken yatmıştık, gece sesine uyandım. İniltisini işittim kapıda, sonra da yere düştüğünü.

Bir sıkıntısı var mıydı, birileriyle başı dertte miydi yani?

Anlamadım.

Âşık mıydı?

Değildi, olsa bilirdim, söylerdi bana.

Hap falan aldı mı yemekten sonra?

Görmedim. Evde hiç hap yoktu.

Bazı haplar bünyede zehirleme tesiri yapar. Komadan çıkmadan midesini yıkayamayız. İçeriye alın.

Kalkıp bahçeye çıktım, hava serinlemiş, karanlık.

Hastanın yakınları telaşlı telaşlı fısıldaşıyorlar, çevrede bir kan merkezi varmış, oksijen tüpü, serum.. galiba oksijen tüpü bulamadılar.

Sitare beni aranıyor, Çarli'yi normal tedaviye alacaklarmış, aldılar. Ayrıldık hastaneden.

Sabahleyin, geziye çıkacak arkadaşların hepsi hastaneye gelmişlerdi. Sitare de ordaydı.

Siz burda bekleyin, ben Çarli'ye bakıp döneyim, dedi.

Zaten hepimizi birden bırakmıyorlardı hastanın yanına, Sitare tek başına çıktı ve döndü.

Haydi gidiyoruz.

Nereye, diye sordu Selçuk.

Nasıl nereye? Gitmiyor muyuz?

Ama Çarli'yi böyle bırakamayız, diyor Burhan.

Çarli'yi mi? Saçmalama, hiçbir faydası yok bütün haftayı burda geçirmenin.

Ama gene de..

Sen kalabilirsin şekerim, diyor Sitare, bir şey olursa bize de haber verirsin.

Sen kalmadıktan sonra ben niye kalacakmışım, diyor Burhan.

Hadi öyleyse, acele edelim.

Kapıdan çıkarken Sitare'ye soruyorum:

Nasıldı Çarli?

Uyuyor, haberi olmadı geldiğimden.

Doktorla konuştun mu?

Kesinlikle yatakta dinlenmesi gerekiyormuş, dedi Sitare.

Park yerinde bekleyen otomobillere doluşuyoruz.

*

Yaz sonlarına doğru rüzgâr iyice şiddetleniyor, kasaba toz toprak içinde; ailelerin çoğu bağlara göçmüştür, bağlar yalnızca bir gezi, bir mesire yeri değildir, kışlık zahire hazırlanır orada, pekmez çıkarılır, üzüm sucuğu yapılır, meyveler toplanır, kuruya ayrılacak olanlar kurutulur, kısaca bütün bir yaz çalışılır, bağa gidildiğini ilk kez algılayan çocuklar için durum başkadır elbet: onlar için her şey yenidir, koşulacak bir alan, tırmanacak bir ağaç, yeni icat edilen bir oyun.. her şey, bütün doğa. İkindi vakti, bağ çubukları arasında boy atmış otlar toplanır, bunlar büyük bir yığın haline getirilir, otlar iyice kurumuştur, akşam, güneş battıktan sonra bir tören havası içinde o kocaman ot yığını, açıkta bir yerde ateşe verilir, alambaçtır bu, çocuklar sevinç çığlıkları içinde dönerler ateşin çevresinde, yaz sonlarına doğru üzümler iyice olgunlaşmıştır, selelerle olgun üzümler toplanır, üzümler salların içine tepeleme bastırılır, ezilip suyu çıkarılır, üzüm suyu bezlerin üstüne serilip kurutulur, bastık yapılır, sonra bastıklardan samsa yapılır, bütün bunlar günler, geceler, haftalar boyu sürer, geceleyin çalışılırken –bu, oturarak sürdürülen bir çalışmadır– ağzı, söze yakışanlardan bir kadın ya da bir erkek masallar anlatır, Binbir Gece, Kerem ile Aslı, Tahir ile Zühre, Yusuf ile Züleyha.. çocuk zihinler bu masallarla gelişir, atılır, zamanın nasıl geçtiği bilinmez, gündüz çalışıp yorulmuş bedenler yavaş yavaş uyuşur, genç kızlardan biri kalkıp dama ya da evin önündeki toprak açıklığa yatakları serer, ay ışığında, milyarlarca yıldızla döşenmiş muhteşem göğün altında uykuya varılır, gece böceklerinin hışırtıları eşsiz bir doğa müziğidir, bir yerlerde bir böcek ya da bir kuş düzenli aralıklarla durmadan öter, bir yarasa keskin bir çığlıkla karanlığa doğru ok gibi atılır, purluk ay ışığında bembeyaz pırıldar, ay döner, at elmasının koyu, karanlık, kocaman gölgesi alacalı bir leke halinde kuru toprağa dökülüp yayılır, sabahleyin uyanınca, nar çiçekleri patlamış olacaktır, incirleri kuşların gagasından kurtarmak için onlardan daha erken kalkmak gerekir, arada bir şurda burda görülen o efsanevi kara yılan hâlâ öldürülememiştir, kimine göre bilek kalınlığındadır, kimileri de hezen gibi olduğunu söyler, o yılanı önünde sonunda genç avcı Ali vuracaktır, Ali hep tetikte yürür şimdilerde soyu nerdeyse tükenmekte olan keklikleri hep uçarken yere indirmiştir, avcının iyisi keklik avında belli olur, olgun bir keklik tavuk iriliğine erişir, insanlar için tatlı, meşakkatli bir uğraşıdır bağ zamanı, bir dinlencedir, yenilenmedir, o tazelikle dönülür kasabaya, kışın konuşma konusu olacak bir yığın malzemeyle dönülür bağlardan, yeni aşklar, yeni evlilikler, yeni düşmanlıklarla dönülür, bu yıl açılamayan su arkı gelecek yıl açılacaktır, zerzevatlar susuzluktan kurumuştur ya da ihtiyar erik ya da kaysı ağacının kesildiği yere de zerzevat ekilecektir, odunu eve taşınmıştır bile, ekmekte, çamaşırda kullanılabilir hiç olmazsa, sabahleyin mutlaka güneşin doğmasından çok önce uyanılır, geceleyin yüzünü aya çevirmiş, yataklarına uzanmış konuşan çocuklardan birilerini gören yaşlıca biri:

Aya çok bakmayın çocuklar, diye uyarır onları, iyi değildir.

İyi değil mi, niye?

Öyle derler, aya bakmak iyi değildir.

İyi olan nedir peki?

Sabahleyin gözünü açar açmaz yeşile bakmak.

Bunu aklında tutan çocuk, sabahleyin gözünü açar açmaz purluğun parlak taşlarını görünce gözlerini yumar bir süre, bekler, koca ceviz ağacının nerde olduğunu kestirir ve gözlerini açar açmaz yemyeşil ceviz yapraklarını görür, yüzü mutlulukla yumuşar, gerinir ve hemen yataktan fırlar, çevik adımlarla tiyeklere doğru koşar, bir salkım üzüm koparır, üzüm tanelerini ikişer üçer ağzına atarken bir yandan da incir ağaçlarının oraya doğru koşusunu sürdürür, bakalım kuşlar incirlere inmiş mi? Nenesi, onu öyle mintanı iliksiz, bağrı açık görünce arkasından bağırır:

Ahmet, ceketini giy yavrum, üşürsün sabahleyin.

Bana soğuk işlemez nene, üzülme sen.

Çocuk bağdan dönmüştür, şimdi, dedesinin solmuş, kurumuş çiçek bahçesinde gezinmektedir. Dede, pırıl pırıl yanan gözleriyle torununun kafasını okşuyor.

Evet, diyor çocuğa, bu senin dediğini anlamak için bütün bir ömür harcamak gerekir. Ağlamak.. yalnız gözyaşı dökebilen insan anlayabilir bazı şeylerin hikmetini.

Ama insan her zaman ağlayamaz, diyor çocuk.

O zaman da ağlar gibi durmak gerekir.

Çocuk, anlayarak bakıyor dedesinin söylediklerine.

Biz, hüzün peygamberinin ümmetiyiz, diyor dede, ağlayabilenler ağlar ağlayamayanlar ağlar gibi yapar.

Ne güzel, diyor çocuk dedesinin başı üzerinde gezinen kuru parmaklarını yoklayarak ve ağlar gibi durup, dedesine bakarak.

*

Akşama doğru iniyoruz otele. Paketlerimiz, çantalarımız hep birlikte kalacağımız daireye taşınıyor, daireye girer girmez gözlerimiz kamaşıyor, bu ne lüks!

Sitare, diye mırıldanıyoruz, bir iç çekmesi gibi.

Otelin bütün masraflarını Sitare ödeyecek.

Sitare, biz gözleri kamaşmış insanların şaşkın neşesini seyrediyor.

Ne lüzum vardı bu kadar masrafa, diyor Erol.

Sitare, gülümseyen yüzünü çevirip bakmıyor ona.

Sitare'nin yanında sözü mü olur canım bu kadarcık şeyin, diyor Ömer dalkavukça.

Sitare gülümseyerek duruyor ortada.

Bunların hiçbirini sizin için yapmadım çocuklar, diyor, kendim için yaptım, belki biraz da böyle konuşasınız diye yaptım.

Sevgili Sitare, diyor Tansel.

Akşama bir konsere ne dersiniz, diyor Sitare

Sirk de varmış, diyor Tansel.

Ona da gidebiliriz, diyor Sitare.

Aa bu kadarı fazla, diyor Yavuz.

Onun kalbi var dayanamaz, diyor Ayten.

Bana kalırsa en iyisi revüye gitmek, diyor Ömer.

Mükemmel, diyor Sitare, siz kararlaştırın programı, şimdi bir masaja ihtiyacım var benim.

Telefonu açıyor:

Alo.. bir masör.. yok mu dediniz.. hayır bekleyemem o kadar, kalsın kalsın..

Telefonu kapatıyor.

Nefret ederim, diyor, masöz kadınlardan, erkek gibi oluyorlar, bir bıyıkları eksik, bazısının bıyığı da var ya..

Ben hiç masaj yaptırmadım, diyor Tansel.

Bir dene şekerim, diyor Sitare, istiyorsan.

Bıyıklı kadınlardan korkarım ben, diyor Tansel gülümseyerek.

Aşağı kata iniyoruz.

Orada ayrılıyorum onlardan, biraz yalnız dolaşmak istiyorum.

Kent ışıklı. Bir çölün ortasına kurulmuş. Başka hiçbir şey yapılamayacağı için bir kumar endüstrisi kurmuşlar burada. Eczanelerde bile kumar makineleri var. Şehir tüm gezginlerle dolu. Ev, apartman yok sanki kentte.

Her taraf otel yahut motel. Banka ilânları. Korkunç ışıklı reklâmlar. Kentin özeti: otel ve banka. Adım başı eğlence yerleri. Ünlü şarkıcılar. Yalnız gezginler için gazetelerde ilânlar: "Yalnız kalmayın, beni çağırın." Altında bir telefon numarası. Bir eczaneye giriyorum. Aspirin. Sonra aspirini bedavaya getirebilir miyim düşüncesiyle makineye para atıyorum. Fakat makine o parayı da yutuyor. Çıkıyorum. Demin gördüğüm kadın, camın ardında, gene aynı makinenin başında, boyuna para atıp duruyor, sanırım kazanıyor. Dolaşmaktan başım dönüyor. Bir kafeteryaya giriyorum. Kâğıt kalem istiyorum.

"Sevgili kardeşim" diye başlıyorum.

Bir şey içmek ister misiniz? Çay, kahve, başka bir şey?

Başımı kaldırıp bakıyorum. Bir kız. Gülümseyerek duruyor.

Sütlü kahve, diyorum.

Dönerken:

Bir de sandviç, diye ekliyorum, kaşarlı olsun.

Yazdığım yeri bir kez daha okuyorum. Çok kısa olmuş. İmza yerindeki 'Kardeşin' kelimesinin üstünü çiziyorum. Bir uçakla geldik buraya. Büyük uçurumun üstünden geçtik. Jet tam onbeş dakikada geçiyor uçurumun üstünden. Gözlerimin önünde iki avuç içi peydahlanıyor, kadın elleri. Nasıl bir sezgiyle, hemen tanıyorum bu ellerin sahiplerini.

Marya, diye sesleniyorum hayretle.

Marya sandalyeyi çekip oturuyor yanıma teklifsizce:

Nasıl bildin, diyor.

Ne arıyorsun buralarda, diyorum.

Sen ne arıyorsun buralarda, diye başka bir soruyla yanıtlıyor.

Mektup yazmak için gelmiştim, diyorum.

Buraya? Mektup yazmaya?

Elbette.

It's silliy, diyor.

Neden, diyorum.

Hiç mektup yazmak için buralara kadar gelinir mi?

Why not? diyorum.

Neyse, diyor, bir derdim var.

Dert mi?

Evet, köpeğime bir isim arıyorum.

Bu mu derdin?

Evet, ama çok önemli benim için.

Demin köpek isimleriyle ilgili bir kitap gördüm şurda, Köpeğinize İsim Seçerken, diye bir şeydi.

Ben senin adını koymak istiyorum köpeğime, diyor.

Benim adımı mı?

Evet.

Başka ad bulamadın mı?

Düşündüm ama Amerikan isimleri hoşuma gitmiyor.

İyi ama biz Türkler adımızı köpeklere koymayız da, koydurtmayız da.

Ama sevgilim, diyor, bu benim seni sevdiğimi gösterir.

Bizde tam tersine, diyorum, aşağılamak olur.

Ben Polonyalıyım biliyorsun, diyor.

Yeah', diyorum.

Rejimden kaçtım.

Ama ne ilgisi var benim adımla bunların?

Yurduma artık asla dönemeyeceğim.

Biliyorum.

Bana yardım et.

Nasıl bir yardıma ihtiyacın var?

Beni himaye etmeni istiyorum.

Ben mi?

Kimsem yok biliyorsun.

Ama senin korunmaya ihtiyacın olduğunu sanmıyorum.

Ben kadınım, diyor, kadınlar daima korunmaya muhtaçtır.

Ama senin ihtiyacın olduğunu sanmıyorum, diyorum.

Böyle düşünmemelisin, diyor, nasıl böyle düşünebiliyorsun?

Well, diye yuvarlıyorum, bilmiyorum.

Adını vermemek için gösterdiğin sebebe inanmıyorum.

Burada başka Türkler de var, git hangisine istersen sor, diyorum.

Sana inanıyorum ama sakıncası ne? diyor.

Niçin Con demiyorsun ona?

Herkesin köpeğinin adı bu, diyor.

Bak, Karabaş diyebilirsin.

Ne demek o?

Köpek adı, Türkiye'de hemen bütün köpeklerin adı Karabaş'tır.

Saçma, diyor.

Üzgünüm, yapacak bir şeyim yok.

Unut, diyor.

Garson kız geldi. Kahveyle sandviçi bıraktı. Marya sandviç yemek istemedi, yalnız kahve söyledi.

Mektubu bitirebilir miyim, diye sordum.

Tabiî, dedi, devam et.

Ama daha başlamadan bu konumda mektup yazmanın anlamsızlığını hissettim.

Yazmıyacağım, dedim.

Niye?

Hadi kalk gidelim.

Kalkıyoruz.

*

Eski yangın yerlerini hatırlıyor adam. Gerçi evden dışarı çıkmıyor ama evinin çardağından kentin aşağı kesimlerinde koca koca binaların yükseldiğini görüyor. Bir zamanlar –yani savaş sırasında (yani kendisinin daha delikanlılığının ilk yıllarında ve ne korkunç yıllardı onlar, arpa ekmeği yerlerdi ve uzak köylerden yiyecekleri gelirdi ve kıtlık, açlık savaş bir aradaydı ve dövüşmüşlerdi Kuran için, Halife için ve Fransızı kenti terk etmek zorunda bıraktıkları zaman kurtulduklarını sanmışlardı, oysa sonradan olanlar bambaşkaydı, uğrunda savaşmadıkları ve savaşmayı akıllarına getirmedikleri şeyler olmuştu, ne uğruna savaşmışlarsa sanki savaşla onu ortadan kaldırmak istemişler gibi bir sonu olmuştu, kimsenin beklemediği bir şeydi bu ama gene de çok kimse farkında değilmiş gibiydi bunun ya da sanki herkes kâfir olmaya teşneymiş gibi, bir kendisi fark etmişti gerçeği, bir de asılan birkaç arkadaşı, şimdi biliyor ki asılan arkadaşlarının uğrunda asıldıkları şeyler de bu günkü insanların anlayabileceği şeyler değildir ve anlamazlar ve belki kendileri de bir kez daha asmaya kalkışırlar ama onlar yani asılanlar yani savaş verenler kendilerini asan insanlar kurtulsunlar diye savaşmışlardı ve asıldıkları şeyler için savaşmışlardı, bunu kim anlayabilir, kim? Kim?)– bu binaların yükseldiği yerler hep yanmıştı. Birçok evleri de kendileri yakmıştı. Savaştan beş on yıl sonra şehrin ortasından geçen derenin kapatıldığını, oranın belli başlı caddelerden biri haline getirildiğini işitmişti.

Şimdiyse şehir dört bir yana dal budak salıyordu. Şehir genişleyip büyüdükçe herkes bir şeylerin iyiye doğru gittiği vehmini taşıyordu. Oysa bunlar için savaşılmamıştı. Bunlar için savaşmayı kimse düşünmemişti, düşünülmezdi de. Ama savaşarak neyi ortadan kaldırmak istemişlerse, savaştan sonra o gelmişti. Tuhaf bir kader. Acaba gerçekten müstahak mıydılar? Acaba kendisi bir korkak mıydı? Kimi aldatıyordu? Ona göre, arkadaşları kelle verirken kendisinin bir yerlerde gizlenmiş olması korkaklıktı, kaçaklıktı. Bunu biliyordu. Anlıyordu. Çok iyi duyuyordu. Fakat durup dururken, kelleyi ipe uzatmak da akıl kârı değildi. Hayır, öbür arkadaşlarını kınamıyordu. Kınamak ne? Gıpta ediyordu. Kendisi onların yaptığını yapamamıştı. Şimdi ne söylese bir bahaneden başka bir şey olmazdı. Evet, kabul etsin artık, düpedüz korkaktı. Yüreğinin, vicdanının en derinlerinden yükselen bu isyan dolu sese verecek bir cevabı yoktu. Herkes kendisini övebilir, saygıda kusur etmeyebilir, ama ne çıkar bundan? Gitgide kendisine olan saygısını yitiriyordu o. Başlangıçta protesto sandığı direncinin, şimdi gülünç bir korkaklık olduğunu kabul ediyor. Doksan yaşında cihada çıkan sahabiyi düşünüyor. Emirle ve teklifle yüzyüze gelen o insanların yaptıklarını düşünüyor. Hayır, onların yaptıkları gibi yapamaz bu insanlar. Onların yükseldikleri ruh yüceliği şimdi çok yabancı. Çok uzak. Onların yaptıkları çılgınlık olabilir, fakat denemeye girişmedikçe hiçbir şey olmayacaktır. Ya kendisi? Ya kendisini hoş görmeye kalkışan birtakım insanlar? Onlar tevillerin arkasına sığınmışlardır. Oysa sünepeliktir bu, ödlekliktir, kaçaklıktır. Hayır, bağışlayamaz kendisini. Herkes bağışlasa bile, herkes onun bir amaç için evine kapanık kaldığını bilse ve bu dirence saygı duysa bile. Ne yapıyor? Çiçek yetiştiriyor. Kendisininkinden daha iri, daha kırmızı, daha beyaz ve daha kokulu güller ye-

kokulu güller yetiştiren kimse yoktur. Güzel kokuyu sevmenin sünnet olduğunu bildiği için, güzel kokuyu sevebilmek adına korkunç güzel kokuları olan iri güller yetiştiriyor, Yemenden gül tohumları sipariş ediyor. Hepsi bu. Ama bununla nereye kadar gidebilir? Bir yere gidebilir mi? Hayır, düpedüz kendisini aldatıyor.

Bir çıkar yolu olmalı bu işin, diye düşündü. Ama ne? Tek başına ne yapabilirdi? Kimseyle bir ilişkisi yoktu. Demek ki bir etkinliği de yoktu. Öyleyse, bütün bir ömür kendisini aldatmaktan başka bir şey yapmış değildi. Korkunç bir şey, diye düşündü, daha önce nasıl fark edemedim bunu? Yoksa protesto ediyorum diye korkumu mu gizlemeye çalıştım ben?

Üzüntüyle şehre bakıyordu. Özellikle ova, bulunduğu çardaktan çok iyi görünüyordu. Ovanın orta yerinde yükselen on onbeş adet taş bina, istasyondu. Şehir oralara kadar uzansın, akıl alacak şey değildi bu! Ve bunlar daha ancak kendi gözüyle görebildikleriydi. Ya görmedikleri? Göremedikleri? Bazı şeyler de işitmişti. Ya daha işitmedikleri? Korkunç şeyler olmuştu evin dışında, korkunç değişiklikler. Kendisi ne yapıyordu? Güller yetiştiriyordu. Torunları geldikçe özenle kestiği güllerden dostlarına (dostları mı? sersemce bir avuntudan başka neydi "dostları"!) gönderiyordu. Bir şey mi yapıyordu yani? Ne yapmıştı? Aslında ne beklemişti? İşin kötüsü hiçbir şey beklememişti de. Hiçbir şeyi değiştirmeyi aklından da geçirmemişti. Kendisine bir lütuf olarak bahşedilen bir ömrü bilinçsizce israf edip durmuştu. Şimdi bunu daha iyi anlıyor. Şimdi her şeyi daha iyi anlıyor. Ah, bu deneylerini kendisini anlayabilecek birine aktarabilse ve aynı aldanmayı bir kez de başkaları denemek zorunda kalmasa. Ama geç. Çok geç. Ve en korkuncu bütün bunların birer umutsuzluk işareti olması. Kendini asıl çökertenin bu olduğunu duyumsuyor. Çünkü artık elinden hiçbir şey gelmediğini, tövbe etmeye bile geç kaldığını anlıyor. Çünkü bazı tövbelerin ancak bazı amellerle yapılabileceğini biliyor. Kendisiyse titreyen dizleriyle bu amelleri yerine getirebilmekten uzak düşmüştür. Hareket eden bir ölüden başka birşey değildir. Bağışlanmayı dilemek için elinde hiçbir neden yoktur. Yanlış verilmiş bir savaş bağışlanmak için neden olabilir mi? Aldatılmış olmanın özrüne sığınmak, bu da bir miskinlik değil mi?

Kaçacak hiçbir delik bırakmadı kendine. Ovada, uzakta geçen trenin dumanına bakarken uyuklamaya başladı. Bir düş gördü. Düşünde savaşıyorlardı. Cuma namazı için ahali Ulu Camiye geliyordu. Camide imam bir hutbe vermişti. Kısa, özlü bir hutbeydi. Kâfirin boyunduruğundayken Cumanın sakit olduğunu söylemişti yalnızca. Ama bu bir cümle oradaki cemaati harekete getirmeye yetmişti. Gâvur bayrağını indirmek için ellerinde taş, sopa, mavzer ne varsa kaleye saldırmaya başlamışlardı. Sonra kurşun yağmuru altında "gâvurun kurşunu bana işlemez" diye öne atılan Mevlüt'ü gördü. Ateş kesilince yattığı yerden onu kaldırmaya gitti, vücudu delik deşik olmuştu. Sen ölü değilsin, diye mırıldanıyordu ama ağlamaktan, gözyaşı akıtmaktan da kendini alamıyordu. Karmakarışık bir düştü.

Kapı mı tıkırdadı ne? Gözlerini açtı. Bakındı. Kapı bir kez daha vuruldu. "Bismillah" deyip ayağa kalktı. Çardağın tırabzanına bağlı ipi çekti, kapıyı açtı. Torunuydu, daha doğrusu torununun oğluydu.

Sen misin yavrum? dedi.

Benim, dede.

Onbir oniki yaşında bir çocuk. Elinde bir sefer tası vardı. Kapıyı arkasından çarparak örttü, yukarıya çıktı. Dedesinin yanına gelip sefer tasını bıraktı, sonra açmak için uğraştı.

Aşure, dedi, annem gönderdi.

Keşke getirmeseydin, dedi adam, tatlı yiyemiyorum ben.

Ama yeni yaptılar, dedi çocuk, yesin diyor annem.

Yiyemiyorum ki, dedi adam, yesem minnet mi bekliyeceğim?

Çok güzel olmuş ama, dedi çocuk, biz yedik, hem de parmaklarımızı yalaya yalaya.

Afiyet olsun, dedi adam, siz daha gençsiniz, yiyeceksiniz elbet.

Çocuk tasın kapağını açtı.

Kaşık var mı, diye sordu.

Var ama kalsın şimdi, yemiyeceğim.

Nerde kaşıklar?

Mutfakta. Annen yıkamıştı.

Öyle de bir güzel yiyeceksin ki, bak şimdi, dedi çocuk. Mutfağa koştu, elinde bir kaşıkla döndü.

Al, bak ne güzel.

Sağol yavrum, dedi adam, yiyemiyorum ben, dokunuyor.

Dokunuyor mu? Aşure de dokunur muymuş?

Sen bilmezsin, dedi adam, yaşlanırsan anlarsın.

Hadi ama, çocuk gibi nazlanıyorsun sen de.

Adam gülümsedi:

Hatırın için bir kaşık alayım, gerisini sen ye.

Kaşığın ucuyla azıcık aldı, ağzına götürdü, sonra kaşığı çocuğa uzattı.

Al sen ye şimdi, ben aşağı ineyim, yiyince sen de gel.

Biz yedik dede, dedi çocuk, kalsın belki sonra yersin.

Aşağı indiler.

Çiçek tarhlarını gezinmeye başladılar. Çocuk hayranlıkla bakınıyordu. Binlerce renk, binlerce güzel koku vardı.

Nasıl yetiştiriyorsun dede bunları, diye sordu.

Uğraşırsan oluyor, dedi adam.

Hep çiçek mi yetiştirdin sen şimdiye kadar?

Hep değil, dedi adam, sonradan başladım.

Neden sonra, diye sordu çocuk.

Evden dışarı çıkmamaya karar verdikten sonra, o zaman başladım.

Sahi evden niye çıkmıyorsun?

Uzun hikâye, dedi adam, çiçek yetiştirmek güzel şey.

Ama çiçekler dışarı çıkmana engel değil ki.

Yalnız çiçekler değil tabiî, dedi adam.

Çalarlar diye mi korkuyorsun?

Adam gene gülümsedi. Hafifçe.

Peygamberimiz güzel kokuyu severlerdi, dedi, bana üç şey sevdirildi diye buyurmuşlardı bir gün. Onların biri güzel kokuydu işte.

Öbür ikisi neydi dede?

Kadın ve namaz.

Ben kadınları sevmiyorum, dedi çocuk.

Sevmiyor musun? Niye?

Dedikodu yapıyorlar, dedi çocuk.

O zaman kadınları değil, dedikoduyu sevmiyorsun sen, dedi adam.

Evet, diye mırıldandı çocuk biraz düşünerek.

Hadi şu makası getir de biraz gül keselim, dedi adam.

Çocuk, ambarın penceresinin kenarına bırakılmış makası alıp getirdi.

Ben kesebilir miyim?

Benim gösterdiklerimi kes, dedi adam.

Şunu keseyim mi?

O daha tomurcuk, bak şu daha iri, onu kes, dikkat et diken batmasın eline, daha alttan tut, şurasından.

Çocuk kestiği gülleri dedesine veriyor, o da bir tülbendin içine topluyordu onları, daha sonra demet yapacaklardı.

Çocuk sordu:

Sıkılmıyor musun dede hep evde?

Sen sıkılıyor musun?

Ben hep evde kalmıyorum ki.

Alıştım, dedi adam, sıkılmıyorum.

Dede?..

Bak şu sarıyı da keselim.

Çocuk, dedesinin gösterdiği sarı gülün sapını tuttu, kesmeğe hazırlandı.

Senin için diyorlar ki, sen bir maksatla çıkmıyormuşsun sokağa.

Başka ne diyorlar?

Öyle söylüyorlar işte, bir maksadın varmış.

Evet, dedi adam. Sustu.

Nedir maksadın?

Çok zor, dedi yaşlı adam, ben de iyice bilmiyorum, belki kendimi kandırıyorum.

Çocuk kestiği gülü dedesine uzattı.

Benden mi saklıyorsun?

Hayır, dedi adam kesinlikle, iyice bilemiyorum, belki de lüzumsuz bir şey yaptığım.

Lüzumsuz mu?

Belki.

Ama lüzumsuz olsa.. diye kekeledi çocuk. İyice anlamak istiyordu. Dedesinin yüzüne baktı bir an.

Biliyor musun demin bir düş gördüm, dedi adam, sen gelmeden önce.

Anlatmak istemiyorsun, dedi çocuk gücenerek, laf karıştırıyorsun.

Hayır, dedi adam gene kesinlikle, belki ben de ne yaptığımı bilmek istiyorum.

Sahiden bilmiyor musun, diye sordu çocuk şaşkınlıkla, kimse inanmaz buna.

Öyle bir derdim yok ki, dedi adam, başkalarının inanıp inanmaması değil mühim olan. Biz ne yaptığımızı biliyor muyuz, o.

Sen şimdi bilmiyor musun, dedi çocuk inanmayarak.

Anlamaya çalışıyorum, dedi adam.

Epeyce gül toplamışlardı.

Bu kadar yeter, dedi adam, makası yerine bırak, gülleri de al yukarı getir, demetleyelim.

Yukarı çıktılar. Çocuk gül dolu tülbendi yere bıraktı, çardakta minderlere oturdular. Adam teneke bir kutudan iplik çıkardı, gülleri demetlemeye başladılar.

Düşümde savaşıyormuşuz, dedi adam beklenmedik biçimde, ne için savaştığımızı biliyoruz sanıyorduk hepimiz. Meğer aldatılmışız. Garip bir Mevlüt vardı, şehit düştü. Kimse beklemezdi ondan öyle bir yiğitliği. Biliyor musun, korkaklık da bulaşıcıdır, yiğitlik de. Hepimiz yiğitleşmiştik. Ölüm vız geliyordu herkese. Ama savaş içinde oluyor bu tabiî. Çünkü ölmeyi düşünmüyorsun, çünkü kolayca ölünüyor. Ölmek barış zamanında zor oluyor. Çünkü ölmeyi düşünmeye başlıyorsun o zaman, bir de elde etmek istediğin şeyler söz konusu. Savaşırken bir şey elde edeceğine inanıyorsun ölmekle, barış zamanındaysa bu yok işte. O zaman savaşta ölmek kolay oluyor, barıştaysa zor. Ölümü göze almakla elde etmek istediğimiz bir şey vardı bizim de, savaşırken.. savaştan sonra baktık ki, onlar için savaşmamışız. Düpedüz aldatılmışız. İşte insanın zoruna giden bu oluyor.

Bunun için mi eve kapanıyorsun, diye sordu çocuk.

Sanırım bunun için.

Ama kabahat sizi aldatanlarda, dedi çocuk, sizin günahınız yok ki bunda.

Mesele yalnızca bu değil tabiî. Bizi aldatanlara karşı bir şeyler yapmamız gerekirdi, yapamadık. Bilmem, belki de bunun utancına katlanamadım, onun için eve kapandım.

Dede, diye seslendi çocuk büyük bir adam tavrıyla, ne yapmak istediğini belki daha sonraları daha iyi anlarım ama şimdi, gerekli olan bir şeyi yaptığına inanıyorum.

Hiçbir şey yapmadığıma inanmak daha doğru olur. En doğrusu belki de nankörlüğe katlanmış olduğumuzu söylemektir. Bu da iyi bir şey değil açıkçası.

Ben sanki, diye duraksadı çocuk, bana öyle gelmiyor.

Ha bak, diye söze atıldı adam, birden aklıma geldi, asıl önemlisi, en önemlisi, savaştan sonra olup bitenlere bulaşmak istemedim. Evden çıkınca sanki üzerime bir menfurluk bulaşacakmış gibi geldi bana hep. Bundan da kaçtım. Ama elli yıldır ilk kez şimdi fikrimi değiştiriyorum. Eve kapanıp kalmakla insan değiştirmek istediği bir dünyayı değiştiremez. Ama bunu anlamam için elli yılın geçmesi gerekiyormuş.

Adam demet yaptığı gülü bıraktı. Çocuğa baktı. O zamana kadar birbirlerine bakmamışlardı. Çocuğun çenesine dokundu.

Sana bir teklifim var, dedi, yarın sabah namazına beraber gidelim.

Sabah namazına mı?

Evet, dedi adam, namazını kılıyor musun?

Okul zamanı kılamıyorum, dedi çocuk, tatillerde daha çok kılıyorum.

Her zaman kılmalısın, dedi adam, ihmal etme namazını.

Çocuk ayağa kalktı.

Ben gideyim, dedi, anneme haber vereyim, gece seninle kalacağımı söylerim.

Al bu demetleri de götür, komşulara da versinler.

Çocuk gül demetlerini aldı, koşarak indi merdivenleri. Dış kapının oradan yukarıya seslendi:

Dedee..

Efendim?

Aşureyi de ye, unutma.

*

Yatağımın kenarında, vücudumda tuhaf bir dolanma hissettim, birisi beni uyandırmaya çalışıyormuş gibi geldi. Belki de düş görüyordum. Gözlerimi açamadım ama yarı uyanık halde kendimi dinlemeye koyuldum. Yanıbaşımda birinin soluk alışlarını işitiyordum. Yorganın üstünden birisi bana dokunuyormuş gibi geldi. Bilinçsizce döndüm ama gözlerim hâlâ kapalıydı.

Hadi artık uyan.

Sitare'nin sesiydi. Gözlerimi zorlayarak açtım, dirseğimin üstünde durmaya çalıştım bir süre.

Deminden beri seni uyandırmaya çalışıyordum.

Saat kaç?

Gözlerimi hâlâ açamamıştım. Açarsam yanacağını hissediyordum.

Beş

Beş mi, akşam mı, sabah mı?

Sabah.

Daha bir saat bile olmamış ben yatalı.

İstemeyerek gözlerimi araladım. Yatağın yanındaki pufta oturuyordu.

Kalk hadi, dedi, kahvaltı söyledim, ikimiz için.

Yatakta doğruldum.

Ötekiler nerde? Kimse gelmemiş mi daha?

İkimizden başka kimse yok. Herkes oyuna daldı.

Üç günden beri herkes kumar oynuyor burada, dedim bıkkınlıkla.

Bunun için gelmedik mi buraya? Hem bu gece saat 1'den sonra başladılar, daha önce konserdeydik. Sahi sen nerdeydin?

Gelişigüzel sormuş gibi ayağa kalktı, odasına doğru yürüdü. Beni dinlemek için hiç hevesi yok gibiydi.

Ben hemen bir duş alacağım, dedi, garson şimdi gelir.

Ben de biraz daha kestiririm, dedim.

Kapının arkasında kayboldu. Biraz sonra kapı tıkırdadı.

Gel, diye seslendim.

Kapının aralığında, üstünde yiyecekler bulunan bir araba göründü, sonra garson içeri girdi.

Masaya bırakın, dedim.

Ben demesem de, o zaten masaya doğru sürüyordu arabayı. Yiyecekleri bıraktı, geldiği gibi sessizce çekilip gitti.

Su şırıltısını işitmeye başladım. Kalın, kadife perdenin aralığından ortalığın aydınlanmaya başladığı seçiliyordu.

Üç odası var bu dairenin. Evlilerle kadınlar odalarda kalıyor. Biz bekârlar da salonda.

Bir süre bekledim. Gözlerim kendiliğinden kapanmıştı, hatta belki biraz da uyukladım. Neden sonra Sitare'nin sesini işittim.

Kalkmamışsın?

Bir uyurgezer haliyle çıktım yataktan.

Masaya oturduk.

Çay soğumaya başlamış bile, dedi.

Ağır ağır yemeye başladık. Bir süre hiç konuşmadık. Çayını bitirdi Sitare, ikincisini doldururken:

Sen n'aptın? diye sordu.

Neyi?

Gece?

Marya'ya rastladım, dedim.

Marya?

Şu Polonyalı kız.

O da mı burda?

Evet. Buraya yerleşmek istiyor.

Ne yapacakmış?

Dans evi açacağım diyor. Göbek dansı öğretecekmiş Amerikalılara.

İyi fikir, dedi Sitare.

Şimdi bir oda tutmuş, beraber kalalım dedi bana. Kirayı yarı yarıya veririz diyor.

Kabul ettin mi?

Ben mi? Nasıl kabul edebilirim?

Neden olmasın?

Deli misin, diyorum, nasıl kalabilirim ben burda? İş yok, güç yok.

Marya kazanacak ya!

Maryanın kazandığını mı yiyeyim yani?

Sen de yardım edersin ona, kendi kazandığını yemiş olursun böylece.

Şakası bile hoş değil, dedim.

Biliyor musun, dedi, biz Türkler çok kibirli oluyoruz. Sen hâlâ Türk standartlarına göre düşünüyorsun.

Yani burda Marya'yla kalmamı mı öneriyorsun bana? Öyle mi yapayım istiyorsun?

Tam bu değil belki ama niçin olmasın?

Birden tuhafıma gitmeye başladı Sitare'nin konuşması.

Ciddi mi konuşuyorsun? diye sordum.

Gece beraber değil miydiniz?

Evet, ama ne çıkar bundan?

Bundan bir şey çıkmazsa ötekinden de çıkmaz, hiç çıkmaz, dedi Sitare.

Konuşmamız tatsız bir mecraya girdi. Cevap vermedim. Sitare de hissetti bunu. Bir süre sessiz sessiz çaylarımızı içtik. Uykum kaçmıştı. Bundan sonra istesem de uyuyamam, diye düşündüm. Belki asıl yanlışlığı bu daveti kabul etmekle yapmıştım. Buraya hiç gelmemeliydim ben. Kendimi çok iğreti görüyorum bu insanların arasında.

Biliyor musun, diye söze başladı Sitare, sanki daha önce konuşmamışız da ilk kez konuşmaya başlıyormuşuz gibi. Elimde olmadan kaçamak bir bakış attım yüzüne. Çay fincanına bakıyordu. Devam etti:

Tam üçbin dolar kaybettim bu gece.

Üçbin dolar mı? diye sordum bilinçsizce.

Ama eminim hile yaptılar. Kumar hilesi değil. İçkime afyon karıştırdılar. Çünkü hiç bu kadar başımın ağırlaştığını duymamıştım ben. Bir ara tuvalete çıktığımda.. aynada.. iki Sitare gördüm. Biri ben, öteki gene ben.

Birden gülmeye başladı. Neşesiz, sıkıntılı bir gülüş.

Başıma ilk kez geliyor bu. Ama polise anlatacağım.

Neyi anlatacaksın? Afyonu mu, hileyi mi?

Afyonla hile yaptıklarını.

Zor anlatırsın, dedim, ispat edemezsin ki.

Gene de anlatacağım.

Polisin böyle numaraları bilmediğini mi sanıyorsun? O da atlatır seni.

Gene de anlatmam gerek.

Seni dinlerler ve zabıt tutarlar, o kadar.

Ben de biliyorum öyle yapacaklarını ama insan gene de başvuracak bir yere ihtiyaç hissediyor. Bu ihtiyacımı gidermek için konuşacağım polisle.

Sırf bunun içinse konuş tabiî, dedim.

Bazen öyle vurdumduymaz kesiliyorsun ki, insana sinir basıyor, dedi.

Afedersin, dedim. Sesim, beni bile şaşırtacak kadar üzgün çıktı.

Hepiniz deli sanıyorsunuz beni. Kimbilir, belki de biraz öyleyimdir.

Biraz dinlenmeye ihtiyacın var, dedim, keşke çağırmasaydın bizi, yalnız kalmak daha iyi olurdu senin için.

Aslında ne istediğimi bilmiyorum ben, dedi. Bir süre sustu, sonra gözlerini kaldırmadan devam etti:

Bir tek şey için gelmek istemiştim buraya ama olmadı, yapamadım.

Sonradan pişman olabileceği bir itiraftan korumak için cevap vermedim. O da üstelemedi.

Bir şey yapmak istiyorum, onu yapıncaya yahut elde edinceye kadar deli divane oluyorum, ama yaptıktan sonra yapmış olmakla yapmamış olmak arasında bir fark kalmıyor, dedi.

Hiç böyle konuştuğunu görmemiştim, dedim.

Çarli'yle niye evlendim biliyor musun?

Bunu daha önce de anlatmıştı, ama her seferinde, hiç anlatmamış gibi bir başka ucundan tutup anlatırdı.

Ona acıdığım için. O zaman evliydi Çarli, beni gördüğü zaman. Benim yaşımda oğlu vardı. Her gün öğle vakti bankada beni görmeye gelirdi. Yemeği beraber yerdik. Evli olduğunu baştan beri saklamadı benden. Çok nazik davranırdı. Karısıyla hiç karşılaşmadık. Ama eminim kocasını benim baştan çıkardığımı sanıyordu. Boru atölyesinin kendi üstüne yapılması şartıyla boşanmaya razı oldu. Aslına bakarsan Çarli'ye hep acıdım ben.

Sana bir yardımım olur mu? diye sordum içtenlikle.

Sandığın kadar aciz değilim, dedi yumuşak ama güven dolu bir tonda, öyle bir izlenim mi verdim sana?

Hayır, ama öyle konuşuyorsun ki, insan senin için kendini bir şeyler yapmaya mecbur hissediyor.

Ne yapmak istiyorsun benim için, ne yapabilirsin?

Bilmiyorum, dedim.

Çarli'yi hiç aldatmadım ben, dedi, ufak tefek kaçamaklar başka. Hiç aldatmadım onu.

Ama istedin.

İstemek başka, yapmak başka. İsteseydim olurdu.

Aklıma yeni bir düşünce geldi:

Sitare, niçin bu kalabalığı topladın başına? Hiçbirinden hoşlanmıyorsun onların? Hatta sıkılıyorsun. Tek tek hepsinden..

Ne demek bu?

Yalnız da gelebilirdik buraya, ikimiz.

Gelebilir miydik? dedi düşünceme katılmayan bir sesle.

Yüzüne bakmakla yetindim.

Sen yalnız kendini düşünüyorsun, dedi, beni hiç düşünmüyorsun.

İkimiz için düşündüğümü sanmıştım, dedim.

Hayır, sen yalnız kendini düşünüyorsun.

Bizi âşık sanıyorlar, dedim, farkında mısın?

Salaklar, dedi Sitare.

Beni öptüğünü gördüler.

Görsünler, ne çıkar? Ben Çarli'yi seviyorum.

Kimse inanmıyor buna. Onun parasını seviyorsun diyorlar.

Çarli bana borçlu, bunu da söylüyorlar mı? Onu ben adam ettim. Ben olmasam.. neyse, geç şimdi. Kimseden korkmuyorum.

Haber aldın mı Çarli'den? Üç gün oldu..

Yaşaması için elimden geleni yaptım ben. Halen yaşıyorsa onu da bana borçlu Çarli. (Sonra iddialı bir tonda ekledi.) Ona ben yaşama gücü veriyorum. Yoksa çoktan ölmüştü şimdi.

Çok zalimsin, dedim.

Bilakis çok şefkatliyim, diye karşı koydu, kimse katlanamazdı ona.

Ama seviyorsun onu, dedim, boyuna tekrarlayıp duruyorsun bu sözü.

Başka ne gelir elimden?

Bir süre sustuk. Kahvaltıyı bırakmıştık. Tekrar saati sormaya cesaret edemedim. Yalnızca perdeden yana bir göz attım. Işıklar iyice görülüyordu artık. Nedensiz, tuhaf bir sıkıntı, tuhaf bir yalnızlık içinde duyumsuyordum kendimi. Belki de birdenbire başladı. Ya da öteden beri vardı da böyle bir şey içimde, birdenbire ortaya çıkıverdi. Ama önemli mi? Nasıl olursa olsun, kendimi birden çok yalnız, çok duygulu, merhametli, yardımsever olarak görüyorum. Başkalarının kötülüklerinin yerine kendimi geçiriyorum, herkesten, her şeyden sanki yalnız ben sorumluymuşum gibi bir sezgiye kapılıyorum ve büyük bir içtenlikle bu duyguma hak veriyorum. Sitare de konuşmuyor. Belki özür dilemem gerekecek ondan. Allah kahretsin, utku içindeyken bile kendimi hep ezilmiş gibi duyumsamaktan alıkoyamayacak mıyım?

Seni üzdüm galiba, dedim.

Yok canım, dedi Sitare doğal bir sesle, öyle alıştım ki, her şeye...

(Her şey. Acaba ne?)

... artık üzülmüyorum. Belki de üzülemiyorum. Bütün alçaklıklar bile doğal, çünkü alçaklık doğal. İyilik de, kötülük de bizim yaradılışımızda. Benim için ne düşündüklerini hiç önemsemiyorum artık, ben ne düşünüyorum, budur önemli olan benim için.

Evet, dedim, bu da bir açı.

Kafam fazla inceliklere yatmaz benim, neysem oyum, gördüğün gibi. Eskiden, genç bir kızken kendimi kandırmayı severdim, başka türlü göründüğümü düşünmekten hoşlanırdım. Bir gün annemin şapkasını giyip çarşıya çıkmıştım. Genç bir kız olarak değil de kadınmışım gibi görünmek istemiştim. Ne komik. O gün yediğim dayağı da unutmayacağım. Şimdi kendime aykırı gibi gördüğüm tek özelliğim kaprisli oluşum. Ama farkında olduğum için kaprisi de doğal bir özellik diye kabul ediyorum. Böylece her şey doğallaşıyor.

Birden saatine baktı. İlk kez.

Gelmediler, dedim.

Gelmeyecekler, dedi, öğleye kadar gelmemelerini söyledim.

Belki söylemesen de gelmezlerdi, niçin söyledin?

Vurgulamak istedim. Anladın mı?

Kalktı, odasına doğru yürümeye başladı. Arkasından ben de kalktım. Kapıdan girerken:

Üçbin dolar kaybettiğin doğru mu? diye sordum.

Uyandığımda hava hâlâ sabahki karanlığıylaydı, uyuyarak bir gündüz mü geçirdim, yoksa yirmidört saattir uyuyor muydum, kestiremedim. Ama kendimi oldukça dinç hissediyordum. Hemen duşa koştum. Çıktığımda, Sitare giyinmiş, hazırlanmış, salonda bekliyordu. Çabucak giyindim. Bir ara hiç konuşmadık. Sonunda ben de hazırlanınca kapıda durdum, Sitare'ye baktım. Kalktı. Otelin altındaki lokantada karnımızı doyurduk. Acıkmışım. Masaya getirdikleri ne varsa çılgınca silip süpürdüm. En sonunda:

Ötekiler nerde, gelmediler mi daha? diye sorabildim.

Geldiler, gittiler, bir sürü gürültü yaptılar ama duymadın sen.

Vay canına, uykuya susamışım demek, üç gündür doğru dürüst uyuyamadık ki.. Sigaran var mı?

Çantasından çıkardı.

Nereye gittiler? diye sordum.

Gelecekler, dedi, nereye gittiklerini bilmiyorum.

Oynayacak mısın bu gece? dedim.

Hayır, dinlenmek istiyorum, yarın hareket edeceğiz.

Yarın mı? Biliyor musun, buraya, Allahın belası bu kente adımımı attığımdan beri belki ilk kez, bir süre daha kalmak istiyorum.

Kal istersen, sonra dönersin.

Param yok, dedim.

Veririm ben sana. Sonra ödersin.

Olmadı ki, dedim, senin gideceğin anlamına geliyor bu, bense birlikte kalalım diye düşünmüştüm.

Çarli'yi unutuyorsun, dedi.

Sahi, Çarli, diye kekeledim üzüntüyle.

Telefon ettim hasteneye, bir değişiklik yok diyorlar.

Ne diyeceğim bilemiyorum, dedim.

Çıkalım istersen, dedi.

Çıktık. Dışarda harikulade güzel bir hava vardı. Güneş çoktan çekilmişti. Bizse otelin dışında hayat olmadığını sanıyorduk. Elektrik ışıkları boğmuştu beni. Açık havayla yüz yüze gelmek güzel. İlk kez rahatça soluk alabildiğimi duyumsuyorum. Güneşe özlemim çoğalıyor. Kaç gün oldu acaba? Hep üç gün diye düşünüyorum ama belki de daha fazla. Haftayı, ayı unuttum gibi. Gerçi ben profesyonel kumar oynamıyorum. Herkesin vakit geçirdiği makinelerin başına geçip oturuyorum, bu bile vakit alıyor. Bakıyorsunuz, hiç farkına varmadan iki saat, üç saat geçivermiş. Benimki amatör bir eğlence. Ama Sitare'ninki öyle değil. Ötekilerinki de öyle değil. Onları seyrederken, korkunç bir hırsa, kazanma hırsına kapıldıklarını görüyorum. Kaybettikçe daha da çılgınlaşıyorlar. Bu duyguyu anlamak gerek. Anlıyorum. Kaybetmek ve durmadan kaybını telâfi etmeye çabalamak. Bir kez girdin mi bu çembere kurtuluş yok. Çünkü açık havayı tanımaktan uzaklaşılmıştır. Böyle bir psikoloji. Belki birden açık havaya çıkabilse kumarbaz, bir kez masanın dışındaki, tabiattaki gerçek havayı soluyabilse ve kayıplarını yok saysa, bir çizgi çekebilse.. bilmem, belki de geçiverecek o tutku. Hayır, eğlence için oynandığını sanmıyorum. Amansız bir tutkudur yakalarına yapışan. Ve ara sıra oynadığını söyleyen adam kumarbaz değildir. Kelektir. Onlar sadet dışı. Bana gelince, asla sevemedim kumarı. Belki tutkularım o kadar güçlü olmadığı için. Her neyse.. insan, demek, kendi tabiatına çok aykırı gelen şeylere de alışabiliyor, kapalı yerlere alışabilmesi gibi. Ama kapalı yerden kurtulmadıkça kapalı yere alıştığını fark edemiyor. Ama bir kez açık havaya ulaşınca, o kapalı odalarda, kapalı salonlarda nasıl bir cinnetli hayatını sürdürdüğünü, bu hayata nasıl olup da katlanabildiğini havsalası almıyor. İşte şimdi birden sarhoş gibi oluyorum. Açık havadır bu. Derinden derine sarsıyor insanı. Yürüyorum ama ayağım yere basmıyor, saydamlaşmışım gibi. Gelecek hakkındaki tasarılar da suya düşüyor. Geçmiş de yitiyor. Bencillik de değil kendinizi kaptırdığınız duygu. Çünkü artık kendinizi de düşünmediğinizi biliyorsunuz. Başkalarını mı düşünüyorsunuz, onların kaygısını mı besliyorsunuz içinizde? O da değil. Yalnızca mekândan, dünyadan, çevrenizden bir uzaklaşma hali. Yeniden kendinize gelmeniz için bir şeyle sarsılmanız gerek. Çok güçlü bir şey olmasa da olur o şey. Otellerin, bankaların, ünlü şarkıcıların adını reklâm eden, durmadan yanıp sönen, bir çember çevresinde dönüp duran renk renk ışıklar baş dönmesini çoğaltıyor. Artık ruhunuz her şeye hazırdır. Sebepsiz bir hüzne de, yersiz bir sevince de. Sitare'yi omzundan tutup kendime çekiyorum. Karşı koymuyor. Çiçeği burnunda, serseri âşıklar gibi ışıkların, gölgelerin altından geçerek yürüyoruz. Belki Sitare de kaybetti kendini, çünkü geldiğimizden beri o hiç dışarı çıkmadı. Hep kaldığımız otelde vakit doldurdu. Her otel ayrı bir kenttir burada. Yıllarca hiç dışarıya çıkma ihtiyacını duyumsamadan kalabilirsiniz aynı otelde. İsterseniz elbet. Giyimevlerinden berberine, kuaförüne, lokantasından bakkalına, manavına, kafeteryasından eğlence yerlerine kadar, ne istersen var. Tek eksiği güneş ışığı. Böyle bir hayat sürerken güneşi de unutuyorsunuz zaten, o tekrar kendini size hatırlatıncaya kadar..

Güneş müneş yok. Hep elektrik ışıkları. Sanki böyle ışıklarda doğduk ve sanki böyle ışıklar içinde yaşamaya mecburuz. Günyüzü, güneş yüzü yok bize. İyisi mi, bundan da tat almaya bakmalı. Birden içim kekreleşir gibi olurken, her şeyden tat alabilme gerçeği yardımıma koşuyor. Sitare'yi ne zaman tanıdığımı düşünmeye çalışıyorum. Ben anımsamadıktan sonra o hiç anımsamaz. Çünkü onun benim için bir önemi olabilir ama ben onun için pek de önemli değilim, öyle sanıyorum. Nerde tanımıştım onu? Şu, Zeldanın dostu, boyacı dedikleri ressamın evinde mi? O gün ressam, bir kolunun altında Zelda, öteki kolunun altında karısı, o mahcup Amerikalı karısı, keçi getirmiş kâhya gibi yayılmıştı divanın üstüne. Ressam bozuntusu yarı Türkçe, yarı İngilizce karışımı bir dille konuşup duruyordu. Karısının Türkiye'de alaturka tuvaletlerde çektiği güçlükleri anlatıyordu, kadın Türkçe bilmiyordu ama kocasının ne anlattığını biliyordu, çünkü adam rastladığı herkese bunu anlatmaktan tuhaf bir haz duyuyordu, kadınsa "oh, no, no.." diye itiraz ediyordu, sonra adam konuyu değiştiriyor, Amerika'da komünistliğe özenen Türk öğrencileri nasıl gammazladığını anlatmaya başlıyordu şişinerek, Amerikan yurttaşlığına geçmiş olmasının doğurduğu kompleksten kurtulmak için aslında durup dururken herkesi Türkiye'ye gammazlamayı alışkanlık haline getirmişti, durup dururken vatan sevgisi konusunda herkesle kavga ederdi, sonra da küser, gammazladığı adamlar aleyhinde orda burda konuşup dururdu. Hayır, ressamın evinde rastladığımı sanmıyorum Sitare'ye. Çünkü ressam orada zengin Türklerin bulunup bulunmadığını sormuş, Sitare'nin adresini bizden almıştı. Öyleyse nasıl tanımıştım onu? Bulunduğumuz kente, bir ara Kıbrıs'tan bir Türk kızı gelmişti. Bir İsveçli arkadaşıyla birlikteydiler. Fakat o zaman da tanıyordum ben Sitare'yi. İsveçli (o gece onların kaldığı otele Türkler olarak ziyarete gitmiştik) otelin taşlığında gezinirken gece yarısı nerden estiyse elbisesiyle havuza atlamıştı, biz de onun arkasından Yavuz'u karga tulumba edip havuza fırlatmıştık. İsveçli, Yavuz'un kendisi için suya atladığını sanarak çocuk gibi sevinmişti, işin aslını ebediyen öğrenemeyecek. Sudan çıkan Yavuz, herhangi birimizi havuza atabilmek için çok çırpındı ama başaramadı, öfkesi içinde kaldı. Sonra tepeden tırnağa ıslanmış bu iki kişiyi kurulamak, elbise değiştirmek için Sitare'nin evine götürdük. Bu demektir ki, Sitare'yi o zaman da tanıyorduk. Hem oldukça içli dışlı tanıyorduk. Hayır, nerede, ne zaman tanıdığımı çıkaramayacağım onu. (Karanlık bir yer burası. Ampullerden soluk, donuk, kırmızı ışıklar süzülüyor. Birbirimizin yüzünü güçlükle seçiyoruz. Sanırım bir iş konuşması için olacak, yaşlı kadın sekreterini de yanına almıştı Sitare. Daracık bir masada üçümüz oturuyoruz. Birazdan gönderecek onu. Çalınan müzik çok dolgun bir şey olmasına karşın, birbirimizin sesini duymamızı önlemiyor. Nedendir bilmiyorum, içim kan ağlıyor. Gene o sinsi tedirginliğin baskınındayım. Sabahleyin Sitare fabrikasını dolaştırdı bana. Bir sürü makineler, borular gösterdi. Bazı boruların çapı adam boyundan daha yüksek. Onların ne işe yaradığını anlattı. Nerelerden siparişler aldığını falan. Şimdi yaşlı sekretere direktifler veriyor. İçim kan ağlıyor. Bütün o makineleri Çarli icat etmiş. İş konuşurken bambaşka bir insan oluyor Sitare. Parasını kuruşuna kadar hesap ediyor. Dışarda müsriflik sınırında cömert olan, işinde o ölçüde hesaplı. Yaşlı sekreterin başının arkasından ışık vurduğu için yüzünü iyice seçemiyorum, ama nedense aşırı boyanmış olduğunu düşünüyorum, belki de yanılıyorum. Boyuna sigara içip duruyor. Çok karanlık burası. Yaşlı sekreter her sigaraya el atışında, kendime ödev bilmişim gibi, davranıp çakmağımı yakıyorum. Yaşlı sekreterse benim varlığıma aldırmıyormuşçasına, havaya söyler gibi "Thank you" diyor anlamsız bir sesle. Gözlerini kıpırdatmadan Sitare'yi dinliyor. Yan masalarda fabrikanın işçileri oturuyor. Gizliden gizliye beni tarassut ettiklerini sezinliyorum. Patronun yanında oturan biri mutlaka önemli biri olmalı. Sevgilisi değilsem onun, mutlaka hatırı sayılır bir iş adamı olmalıyım. Nasılsa birden bana bakıyor Sitare. "Şu önündekini zıkkımlansın, şimdi sepetlerim onu" diyor. Fakat bir türlü kalkmıyor yaşlı kadın. Aklıma olmadık fesatlar geliyor, diyorum ki, Sitare aslında bu kadını mahsus yanımızda tutuyor, gitmesini gerçekten istese, çoktan gönderirdi, hatta diyorum ki, bu kadını buraya yedeğimizde getirmeye hiç gerek yoktu, tutup getirdi; öyle ama niçin? Çünkü Sitare de bocalıyor. Sonuna kadar gidemiyor. Yanımızdaki sekreterin bir anlamı yok yoksa. Nitekim konuşmaları bitiyor bir ara. O zaman Sitare, Zelda'dan konuşmaya başlıyor. Daha önce işitmemiştim, aklımdan da geçirmezdim, öyle şeyler söylüyor ki onun hakkında. Yaşlı sekreter Zelda'yı tanıyor. "Niçin sık sık Kanada'ya gidiyor Zelda?" diye soruyor. Sekreter kıs kıs gülüyor bu sorunun cevabını düşünerek. "Oo, çok ilginç" diyor. Zelda vaktiyle Sitare'nin ev işlerine bakarmış. Doktor olan kocası Sitare'nin fabrikasında çalışıyor. Sitare baş göz etmiş onları, böyle söylüyor. Ama Doktor, Zeldanın geçmişini –geçmiş dediği Sitare'nin evinde çalışması– bilmiyormuş. Sitare bu sırrı günün birinde açığa vurarak Zelda'ya şantaj yapacakmış gibi saklıyor. Sanırım, doktorun böyle bir konuda çok duyarlık göstereceğine güveniyor. Bana kalırsa doktor hiç de önemsemeyebilir bu işi, gülüp geçer. Çünkü adam haza Amerikalıdır. Sitare, burada ya bizim Türklüğümüzü kullanarak böyle şeylere aşırı önem vereceğimizi sanıp işi abartıyor ya da gerçekten çok saf. Belki de kendisini avutuyor. Ne olursa olsun kişiliğine yakışmayan bir durum bu. Ama nedenleri yok değil. Her şeyden önce, Zeldanın, yeğenini Yavuz karşısında kendisine rakibe olarak çıkarmasını hazmedemiyor Sitare. Bu düşünce, Sitare'yle benim konumumuzu da açıklayacak bir ipucudur. Belki Sitare de Yavuz'a karşı beni kullanıyor. Vay canına! Bu kadar planla düzenlenmiş olabilir mi bütün bu ilişkiler? Belki de hepsi benim kuruntularım. Yoksa Marya'ya karşı ilgisizliğini nasıl açıklayabilirim? Gerçi Marya onun ilgisini çekecek kadar yakın görünmüyor bana. Biraz da Marya'yı iyice tanımadığı için böyle düşünüyor Sitare. Belki de yanımdaki gücünün öyle Marya'yla falan sarsılacak denli zayıf olmadığını biliyor. Burada önemli bir husus çıkıyor ortaya: kendimi niçin bu kadar iğreti hissetmemin nedeni. Bu düşüncelerim doğruysa, demek ki, kadınların kendi aralarında birbirlerine karşı kurdukları tuzakların âleti oluyoruz biz. Bu işin sorumlusu benim. Çünkü hiçbir zaman dizginleri tam anlamıyla ele almayı denemedim. Oluruna bıraktım her şeyi. Aklıma gelen bu düşünceyle sinirlendim birden. "Sitare, diye fısıldadım sertçe, yalan söylüyorsun sen." Sitare şaşkınlıkla baktı. "Yalan mı söylüyorum?" Sekreter Türkçe anlamadığı için, biraz nezaketsizliği de göze alarak serbestçe konuşuyoruz. "Evet, dedim, Zelda'ya iftira ediyorsun." Sitare, bu beklemediği çıkışıma enikonu şaşırıyor, biraz da bozuluyor ama açığa vurmuyor. "Yalan mı dedin?" diyor, arkasından söyleyeceği habere beni hazırlamak için biraz durup susarak. "Zelda'yı da, onun tüm ilişkilerini de biliyorum ben, diyorum, uyduruyorsun." "Sahi biliyor musun onun tüm ilişkilerini? Niçin sık sık Kanada'ya gittiğini?" diye soruyor, bilgisizliğimi yüzüme vuran bir tonda. "İlkin İtalyan armatördü, şimdi Kanada mı?" diyorum. "İyi bildin, diyor fütursuzca, şimdi de Kanada." "Herkes gidiyor Kanada'ya, herkes her yere gidebilir" diyorum. "Öyle mi canım, diyor, Zelda niçin gidiyor oraya, biliyor musun?" "Beni ilgilendirmediği gibi kimseyi de ilgilendirmez bu." "İlgileneceğini sanmıştım oysa, dedi, onu bu kadar güvenle savunduğuna göre..." "Kimseyi savunmuyorum" dedim kısaca. "Öyleyse söyliyeyim, dedi, her hafta sonu oraya gidiyor, kocasını aldatıyor, sonra da kocasıyla parayla yatıyor. Küçük bir sır işte sana." "İğrenç" diyorum. "Zeldanın davranışı mı, benim konuşmam mı iğrenç olan?" diye soruyor kaygısızca, "Hoşuma gitmiyor bu konuşma" diyorum. "Ben de hoşlanmıyorum ama n'aparsın, bazen gerekiyor." İyice sıkıcı olmaya başladı burası. Fabrikanın işçileri bizi gözetliyor. Bilsem buranın böyle işçilerle dolup taştığını gelmezdim, gene Sitare'nin oyununa düştüm, hem böyle herkesin gözü önünde bir yere geliyoruz, hem yanımızda bir takıntı bulunduruyoruz.. çok domuz bu kadın, her şeyi çok ustalıkla ayarlıyor, insan düşünmese bütün bunların tertip olduğunu mümkün değil anlayamaz. "Ben kalkıyorum, dedim, sen bayanla oturabilirsin." "Bizim işimiz de bitti zaten, dedi, beraber kalkalım." Çabucak kalktık. Sekreter ancak oradan çıkınca ayrıldı yanımızdan. "Biliyor musun, dedim, bütün vaktimizi berbat ettin." Kedi gibi sokuldu. "Daha çok vaktimiz olacak, dedi, çarşıya gidelim şimdi, biraz kendime öteberi almak istiyorum." Tuhaf, gerçekten tuhaf, medyum gibi sürüklenip gittim onunla beraber. Dizginleri falan bir yana bırakarak, hatta unutarak...)

Şimdi birlikte yürüyoruz ama ben mi onu götürüyorum, o mu beni yanına almış, karar vermesi imkânsız. Bir sirk kapısının önünde durup afişlere, ışık oyunlarına bakıyoruz.

Girelim mi? diye sordu.

Burada geçireceğimiz son gece bu, dedim hatırlatmak isteyerek.

Sıkılırsak çıkarız, dedi, bizi bağlayan yok ya.

Erkenden otele dönmek istiyorum, dedim, kimse gelmeden, hatta başka bir otele gidelim bu gece, ne dersin?

It's a good idea, dedi gözleri parlayarak.

Açık hava sersemletti beni.

Ben de unuttuğumu anlıyorum açık havayı. Ama fark etmiyor benim için. Dönüşte, hafta sonu pikniğine çıkabiliriz, diyor.

Piknik 'yapma' bir şey, diyorum.

Bunu da yeni işitiyorum, diyor neresi yapma?

Bilmem, hazırlanmış havalar oluyor piknikte. Konserve havalar. Hazırlanmış, paketlenmiş.. öyle geliyor bana.

Giriyor muyuz? diye soruyor sirki göstererek.

Gel bu geceyi berbat etmiyelim, diyorum, hep aynı numaralar..

Bir programın varsa, öyle olsun, diyor.

Hayır, hiçbir programım yok, bir kere de programsız yaşasak olmaz mı?

Hiç böyle bakmamıştım, diyor sevinçle, niçin olmasın?

Yürüyelim, diyorum, bakalım felek ne gösterecek.

Bu kelimeyi unutmuştum, diyor.

Hangi kelimeyi?

Felek kelimesini.

Daha bir sürü kelime var unuttuğumuz, kullanmadığımız.

Belki tuhaf gelecek ama buraları özliyeceğim ben, diyorum.

Ben de, diyor.

Nüfusu ne kadar buranın?

Bilmem, ben burda yaşarken yirmi otuz bin vardı, tabiî sırf sürekli burda yaşayanlar, sayımlarda yüzbinden aşağı çıkmaz.

Kalabalık görünüyor oysa.

Gezginler yüzünden. Yaz kış demez, gelirler.

Baş döndürücü bir kent.

Çılgınlığına sınır yoktur. Kaç kez, buradan her ayrılışımda, her defasında bir daha dönmemeye karar verdim buraya. Ama hepsinde de yendi beni. Görüyorsun işte, bir yenilgi daha.

Kent değil seni yenen, dedim, tutkun.

Hangi tutkum? Kumar mı?

Evet.

İstesem orda da oynarım, ama buraya geliyorum.

Kumar oynamak için geliyorsun ama, dikkat et.

Hayır, kumar için geldiğimi sanmıyorum. Sonra sandığın kadar tutkum da yok o işe. Özlenen bir çılgınlığı var buranın. Sen bile hissediyorsun bunu, daha da başındayken.

Belki de şu yapışkan özgürlüğü yüzünden. Buraya gelince her şeyi geride bıraktığını biliyorsun, gene geride bırakacağını düşünerek buraya geliyorsun.

İyi bir açıklama, dedi, bazı şeyleri şaşılacak kadar güzel anlatıyorsun.

Mesleğim bu benim, anlatmak, başkalarının duyup da anlatamadığı şeyleri dile getirmek.

Fakat kendini ustaca geri plana atmayı da başarıyorsun.

Bak işte o meslek değil, yaradılış.

Çok hoşsun, dedi Sitare, biliyor musun bazen beşe kadar sayamaz gibi duruyorsun ama başladın mı arkasını getiriyorsun, sende anlamadığım bir şey bu.

Sense sonsuza kadar sayacakmış gibi görünüyorsun ama beşe gelince tıkanıyorsun, ben de bunu anlıyamıyorum.

Şartlarımız başka. Benim engellerim var.

Engeller benim de var. Herkesin kendisine göre engelleri var.

Ama seninkilerin cinsi başka. Hatta icat seninkiler.

Bana engel olarak görünmesi yeterli değil mi?

Bu bir şeyi değiştirmez. Fiziki engeller söz konusu benim için.

İçtenlikle böyle mi düşünüyorsun, dedim, fizik engellerinin olduğunu mu düşünüyorsun gerçekten?

Peki, sen beni her istediğini yapabilecek kadar özgür mü sanıyorsun?

Benim ne sandığımın bir değeri varsa, evet öyle sanıyorum.

Öyle olmayı isterdim, dedi Sitare üzgün bir sesle.

Sana bir gerçeği hatırlatayım mı, dedim, seninle ilk defa konuşuyoruz. Farkında mısın?

Söylemesen imkânı yok anlamazdım, dedi.

Bazı şeyler üzerinde durulunca önem kazanır, kendiliğinden bir önemleri yoktur oysa. Bu da öyle bir şey.

Yani?

Engel diye düşündüğün şeyi düşünmemiş olsaydın, engel olduklarını hiçbir zaman ayırt edemiyecektin.

Ama var olduğu için düşünüyoruz onları.

Acaba? Belki de biz var kılıyoruz. Biz düşünmesek var olmayacaktı onlar. Anlıyacağın hep var sayımlardan hareket ediyoruz. Çok mu filozofik oldu?

Yorma kafanı, dedi.

Fizik engel dediğin Çarli mi?

Biri de Çarli galiba.

Küçük bir kafeteryanın önünden geçiyorduk, girip birer gazoz içmeyi önerdim, girdik, her yer birbirine benziyor, her şey çok standart, sıkıntı verecek kadar bir örnek.. Az kalabalık değil burası da. Gene de pencere kenarında oturacak bir yer buluyoruz. Sigara istiyorum. Gene çantasından çıkarıyor. Az sonra garson kız geliyor.

Yardım edebilir miyim? diye soruyor.

Ne içersin? diyorum Sitare'ye.

Bilmem, ne istersen söyle diyor.

Kahve?

Farketmez, diyor.

İki kahve söylüyorum kıza, "with cream, please" diye ekliyorum, sonra Sitare'ye dönerek "as a second thought" diyorum.

Niye, diyor.

Gazoz diye gelmiştik, diyorum.

Hiç güleceğim yoktu, diyor Sitare.

Biraz ötemizde bir "slot machine" duruyor. İkimiz de bilinçsizce aynı anda makineye bakmışız.

Bire on veriyor, diyor Sitare makinenin üstündeki yazıyı okuyarak.

Oynayacak mısın?

Bir şansımı deniyeyim, diyor, bozuğun var mı?

Vazgeç istersen, diyorum parayı uzatırken.

Belki kahveleri bedavaya getiririz, diyor.

Hep bu kışkırtıyor zaten insanı, diyorum.

Sitare makineye doğru kalkıyor. Bütün hareketlerini tek tek izliyorum. Fazla hızlı davranmıyor. Elinde tuttuğu parayı makinenin ağzına uzatıyor. Makine cevap vermeden dönüp bana bakıyor. Hayret! Kazanıyor. Kazandığı paradan tekrar koyacakken:

Dur! diyorum. Vazgeç.

Hayret iki. Vazgeçiyor. Tam elli dolar.

Al, diyor masaya bırakarak.

Sermaye benden, emek senden diyorum. Yirmibeşer dolar bölüşüyoruz. O çantasına koyuyor, ben cebime.

Bu makinelerin bir sırrı var, diyor, fakat kimse kolay kolay fark edemiyor. Belli bir oranda mutlaka kazanıyor, boyuna kaybeden makine aslında yavaş yavaş kazanma devresine giriyor. Çok kimse bunu bilmediği için boyuna para yutan makineye yaklaşmıyor. Bu makinenin verim zamanına geldiğini görür görmez anladım ben. Çünkü bu kadar insan olsun, kimse makineye yaklaşmasın, olacak şey değil. Çünkü daha önce bütün buradakiler boyuna para yuttuğunu gördü makinenin. Bizden önce eminim en az bin dolar çekmiştir içeri. Bu yüzden de bir daha kimse oynamaya cesaret edemedi. Ama şimdi verdiğini gördüler ya, yeniden şanslarını deneyecekler. Ama geçti, piyango bize vurdu bir kere.

Gerçekten iki yaşlı karı koca umutla paralarını bırakıyorlardı makineye.

Kazanırlarsa şaşarım, dedi Sitare.

İhtiyarların parası gitti ama umutları hâlâ kırık değil.

Umutları kesilinceye kadar oynayacaklar, dedi Sitare, aslında bir başkasının kazanması için hazırlık yapıyorlar. Bu ara biraz kazanırlarsa onu da verecekler makineye.

Aptallar, dedim elimde olmadan.

Bu ara kahvelerimiz geldi. Bir süre "slot machine"le ilgilenen insanlara bakıp oyalandık. Sitare çok güzeldi bu akşam. Haziran sıcaklarına dayanacak cinsten oldukça açık bir elbise giymişti. Yüzünü çok hafif boyamıştı, dikkat etmesen fark edemezdin. Güzeldi Sitare. Ne ki, birden anlaşılmıyordu güzelliği, dahası, ilk bakışta sıradan biriydi. Ufak tefek, gösterişsiz bedeniyle, kendine özgü bir kişilik belirtmeyen yüz çizgileriyle. Burnu küçük ve inceydi. Gözleri de kahve. Onunla konuştukça, onu tanımaya başladıkça kendine özgü güzelliğini keşfediyordunuz. Özellikle kişiliğinin oldukça dolambaçlı olduğunu, kendini çabucak ele vermediğini ve de evet, dişilere özgü sığlığının ufuklara doğru sınırsızlığını.. insana zaman zaman bir derinlik izlenimi bile verebiliyor bu sınırsızlık.

Sitare, diye seslendim. Sesim nerdeyse fısıltı halinde çıktı.

Baktı.

Neye hayıflanıyorum, biliyor musun?

Söyle bakalım, dedi.

Sana daha önce niçin rastlamadığıma..

Daha önce mi? Meselâ?

Meselâ bir yedi yıl önce.

Çarli'yle evlenmeden önce mi demek istiyorsun?

Onu mu demek istiyorum, bilmiyorum.. ama daha önce olmalıydı bu.

Kafan durmadan dramlar yaratıyor, dedi.

Dram mı bu sence?

Sen yazarsın, daha iyi bilirsin, benden daha iyi hiç olmazsa...

İnsanlar birbirini çok geç tanıyor, sence de öyle değil mi?

Bence tam zamanında tanıyoruz birbirimizi, beni yedi yıl önce görseydin böyle göremiyecektin, bankada çalışan bir memur olarak görecektin, biraz silik, herkes gibi yani, herkes kadar kişiliksiz, özelliksiz.

Ama sen neysen oydun değil mi, o zaman da..

Öyle. Ama bizi başkalarının gözünde değişik kılan yeni durumlarda takındığımız tavır oluyor. Bakıyorsun mütevazı bir çiftçi birden başkan oluveriyor, o zaman, içinde bulunan gizli despotluk eğilimi bakıyorsun ortaya çıkmış.

O kadar karmaşık bir şey değil benim demek istediğim şey, dedim, çok basit.

Bir şey diyeyim mi ben sana, dedi Sitare.

Ciddi ciddi yüzüne baktım.

Diyeceğim seni sarsmasın ama, diye devam etti, sen kendini farklı biriymiş gibi sanıyorsun. Oysa senin istediğin de öteki erkeklerin istediklerinden farklı değil.

Biraz kıpırdandım oturduğum yerde.

Yok yok, dedi Sitare, kendini savunmaya kalkışma. Kabul et. Bazı şeyler için fazla genç de sayılmazsın. Dahası da var, hakkımda bilmediğin çok şey var. Görünüşün maceracı değil ama macera arıyorsun sen.

Beni iyice incelemiş gibi konuşuyorsun, dedim gülümseyerek.

Ne sandın ya?

Üstelik doğru şeyler de söylüyorsun.

Kafamız belki sizin o erkekçe meselelerinize, şu büyük sandığınız meselelere ermez ama ayrıntılar üzerinde çok duyarlıyızdır. Kadın olarak diyorum tabiî..

Bir itiraf sayıyorum bunu, dedim.

Bir şey mi itiraf ettim? dedi.

Beni ayrıntılarıyla incelediğin.. hoşuma gitti.

Kendine pay çıkarıyorsun. Ben genel olarak konuşuyorum.

Ama ben de genelin içindeyim. Herkesin istediğini istiyorum, doğru söylüyorsun.

Çok kabasın, dedi şaka yollu.

Hemen otele dönmek istiyorum, dedim, hemen, şimdi...

Ağır ol bakalım..

O sırada Marya sallana sallana pencerenin önünden geçiyordu. Bizi görmedi. Gerçi içeriye bakmadı ama baksa da göremezdi, çünkü camların üstünde acayip boyalar vardı.

İşte, dedim birden, Marya..

Gördüm, dedi Sitare, arkasından koş istersen.

Niyeymiş o?

Bilmem, seni heyecanlandırıyordur belki.

Yok canım sen de, dedim soğukkanlılıkla.

Öyleyse çok çabuk unutuyorsun.

Bir yorum. Ama yadırganacak cinsten değil. Araziye uyuyoruz.

Tuhaf biçimde sustu Sitare. Belki çok ileri gittim. Belki yanılıyorum. Bunların hesabını yapacak durumda değilim. Fakat garip şekilde, bir rezalet çıkacağı duygusu uyandı içimde. Tedirgin oldum. Belki de kadınları onların istediği biçimde anlamıyorum. Ne istiyorlar acaba? Söz gelimi Sitare'nin incik boncuk alışını ilkin çok yadırgamıştım. Çünkü Sitare'nin kadın olduğunu düşünmeyi ihmal etmiştim. Sonra nihayet onun da bir kadın olduğunu hatırlayınca davranışı doğal geldi bana. Zaman zaman böyle duygulara kapılıyorum. Herkes için değil, özellikle Sitare için böyle bu. Çünkü nedense en çok onun davranışlarında bir "erkeksilik" bekliyorum. En çok bu yüzden yanılıyorum. Sitare'yse asla kadınca davranmaktan şaşmıyor. Biraz sendeletiyor beni. Kim bilir, belki de ben haklıyım, çünkü burda her erkek biraz kadınlaşmış gibi, her kadın da biraz erkekleşmiş gibi. Kolayca kabul edilemeyecek bir duygu ama böyle duyumsadığım gerçek. Buldum işte, inanılacak gibi değil ama galiba doğru. Sitare Marya'yı kıskanıyor. Zelda'yı kıskandığı gibi. Aynen onun gibi. Bu son buluşumla hemen konuşuverdim. Hem de hiç düşünmeden.

Sitare, diye seslendim, seni seviyorum galiba yavrum.

Delinin tekiyim ben, dedi Sitare, umut verici değilim.

Anlaşılır gibi değil, gözleri dolu dolu oldu.

Ne de umut bağlanacak biri, diye ekledi kekeleyerek.

Saçmalama, dedim, üzdüm mü seni?

Benim bir çocuğum olduğunu biliyor muydun? dedi.

Şaşkınlıkla yüzüne baktım. Bilmiyordum.

Bir kız çocuğu.. ama yaşamadı. Sakat doğdu. Üç yaşındayken öldü.

(Niçin hatırlıyor acaba bunu? Şimdiye kadar hiç söz açmamıştı ondan. Kimseden de duymamıştım Sitare'nin bir çocuğu olduğunu. Aslında belki Sitare'ye yakıştıramıyoruz da ondandır. Hep yanılıyorum Sitare hakkında. Çünkü bir kadın olduğunu, özel anlamıyla kadın olduğunu hep unutuyorum çünkü. Fakat acaba kabahat bütün bütün bende mi? Ya Sitare'nin davranışı veriyorsa bu izlenimi?)

Şimdi niye aklıma geldi durup dururken bilmiyorum, dedi Sitare, fakat o çocuk böyle ikircikli bir yaşantı verdi bana. Ölmesini istiyordum, sakattı çünkü. Ömrüm boyunca onun acısına katlanamıyacağımı düşünüyordum. Ama çocuğumdu benim. Ölmesini nasıl isteyebilirdim? İstedim işte. O da öldü.

Anlıyorum, dedim.

Ne anlıyorsun, dedi Sitare alaylı bir öfkeyle, çocuğumun ölmesini istediğim için onun öldüğünü mü? Ne sen anlıyorsun, ne de ben anlatabiliyorum. Aslında yaşamasını istiyordum onun. Ölmesini değil. Ama sakat bir çocuğun yaşaması.. onun çekeceği acıya katlanamıyacağımı düşünüyordum ben. Bu, o hayattayken düşündüğüm şey. Şimdiyse, onun hayatta kalmış olmasını nasıl istiyorum, kimse bilemez.

Bir sigara çıkardı. Sigarasını yaktım. Sessizce durduk. Şimdi biraz dinlenmiş görünüyordu.

Sana bir konu işte, dedi rahat bir sesle, gözlerinin altından bana baktı.

Alay mı ediyorsun? dedim.

Hiç sevimli şeylerden konuşmuyoruz, dedi, gevezelikten başka bir şey gelmiyor elimizden. Senin hiç yazını okumadım ben. Belki yazılarında daha ciddi şeylerden konuşuyorsun.

Yazı tam bir gevezeliktir, dedim.

Niçin yapıyorsun öyleyse?

Yaşamak için, dedim, basit bir şey, kimi banka memuru oluyor, kimi de yazı yazıyor.

Bu kadar basit mi? dedi.

Sanırım, dedim, hiç olmazsa benim için böyle. Başkaları yazarlık mesleği için bir aşağılama sayabilir bunu. Ben öyle düşünmüyorum.

Her zaman bu kadar açık kalpli misin, dedi, yani mesleğine karşı?

İnsanın yaptığı işe saygı duymasıyla ilgili bu, dedim, saygıda kusur etmemeye çalışıyorum ben de.

Teşekkür ederim, dedi eğlenerek.

Rica ederim. Anlaştık mı?

Benimle kimse kolay kolay anlaşamaz. Çarli bile. Çarli çok yumuşak "bir şey." Nasıl diyeyim.. balmumu gibi, yahut daha doğrusu.. söyleyebilir miyim?

Tabiî, dedim.

Hamur gibi, dedi.

Nasılsa birden sesli sesli güldüm. O da güldü.

Onu kötülemek istemiyorum, dedi, benim kötülüğümden.. içimden geçeni hemen söylüyorum, ne yapayım?

Hepimizin neşeye ihtiyacı var. Boğuluyoruz burda.

Biraz durduk, bekledik.

Çarli'yi düşünüyorsun, dedim.

Bilmem, belki. Belki de değil..

Ben hep iyi günlere inanmışımdır, dedim.

Çarli'yi düşünüyorum, dedi Sitare, ama nasıl biliyor musun, Çarli olarak değil de, bir nesne gibi..

(Ölü gibi demeye dili varmıyor.)

Hadi kalkalım, diyorum birden.

Bunu der demez de kalkıyorum. Sitare de kalkıyor. Kapıya doğru yürüyoruz. Şimdi kumar makinesinin başında daha çok insan toplanmış. Sıra bekliyorlar. İkimiz de görüyoruz bunu ama sözünü etmiyoruz.

Hiç konuşmadan sokağın kalabalığına karışıyoruz.

Rasgele ordan burdan geçiyoruz. Işıkların altından.. falan.. Nihayet Sitare hatırlıyor.

Nereye gideceğiz? diye soruyor.

*

Şehrin ilk büyük binası o sıralar nerdeyse şehir dışı sayılan, ovanın başladığı yere, marul tarlalarının bitişiğine yapıldı. Bir otel. Bundan önce iki ya da üç otel vardı şehirde, belki de evden bozmaydılar. Bu iki katlı, cephesi oldukça uzun bina bütün hemşerilerin hayranlığını topluyordu. İçin için herkes şehirlerinin böyle bir otele kavuşmuş olmasından iftihar ediyordu. Özellikle yeni yetişenler, bu binayı şehrin geleceği bakımından iyi bir gelişme işareti saydı. Artık şehirlerine gelebilecek turistlere karşı –gerçi bunların sayısı son derece azdı, yılda ikiyi üçü geçmezdi– mahcup olmayacaklardı. Onların da Batı tarzında konuklarını ağırlayacakları bir yerleri vardı artık. Şehrin ortasından geçen derenin üstü kapanmış, bir yol olmuştu. Çok geçmeden yol parke taşlarıyla döşendi, cadde oldu. Şimdiki ölçülere göre değil, fakat o zamanki ölçülere göre muazzam bir cadde. Caddenin belli bir yerinde, eski hamamın bulunduğu yerde bir çarşı meydana çıktı. Bir fırın yapıldı. Bu çok önemliydi. Özellikle dışardan gelen devlet memurları için. Çünkü onlar evde yufka ekmek yapamıyorlardı. Gerçi yerliler uzun süre fırından yararlanamadılar, fırın onlar için daha çok evden gönderdikleri börek, çörek gibi şeylerin pişirilmesine yarıyordu. Fırından ekmek almak henüz bir çeşit lüks, bir savurganlık, hatta kendini bilmezlik, ukalâlık sayılıyordu. Fakat zamanla alışıldı. Çok evde yufka ekmeğin yanında "çarşı ekmeği" de bulunuyordu. Zamanla birtakım küçük müteahhitler türedi. Aslında hiç de büyük sayılmayacak, fakat alışılmışın dışında olduğu için korkunç yüksek rakamlar sayılan taahhüt işleri başladı. Birkaç kişi bu alanda sivrildi. Bu müteahhitler, öteden beri şehrin ticarî işleriyle ilgili olan kimselerdi. Tarımla pek ilgileri yoktu. Tarımcılar böyle işlerden anlamıyorlardı. Bu işlerin içinde bir haram karışığı olması kuşkusu onları her zaman engellemiştir. Çünkü tarımcılar, yüzyıllardan beri, yeni yönetimden sonra bile, alınan ürünü ölçerken onda birini öşür diye ayırırlardı. Bunda hiç kuşkuları yoktu. Ama öbür iş? Oldukça karışıktı o, şüpheliydi.. şüpheli olandan kaçınmalıydı. Tarımcılar, genel olarak ve dıştan, tüccarların, müteahhitlerin aleyhinde bir şey söylemiyorlardı, sadece "bizden uzak olsun" demekle yetiniyorlardı. Ya da "ben karışmam" gibisinden bir şeyler söylüyorlardı. Anlayan için bu kadarı da yeterliydi. Değişim, içten içe işliyordu, fakat büsbütün gizli de değildi, sonuçları hemen görünüyor, dikkati çekiyordu. Bir ara belediye bir tiyatro bile açtı. Fakat uzun ömürlü olmadı. Kimse gitmediği için kapandı. Onun yerine sinema açıldı. Binanın üstündeki "Belediye Şehir Tiyatrosu" yazısı uzun yıllar okundu. Sinema, tiyatrodan daha çok ilgi çekti. Belki de sinemada araya "teknoloji"nin girmesinin büyülü bir etkisi vardı, öteki daha doğal bir olayken bu, hilkat garibesi gibi, dünyanın sekizinci harikası gibi bir şeydi. Çekici ve etkiliydi. Orta yaşına gelmiş kimseler bile, her şeyi göze alarak bir kez olsun sinemaya gitmekten kendilerini alamadılar. "Bir kere görmüş olmak için" diyorlardı. Bir kere görmüş olanların bir kısmı sonradan da gitmeyi bırakmadılar. Bir kısmıysa sinemayı "para tuzağı" olarak yorumladı. "Bir hayal yeğenim, diyorlardı, aslı yok.. esasına bakarsan bir para tuzağı hepsi." Böyle söylüyorlardı. Mekteplilerse arkadan alay ediyorlardı böyle söyleyenlerle. Öyle ya, birtakım mektepler açılmıştı. Şehre otomobil girmişti. Belediyeye ait bir "Aile Bahçesi" vardı. Bakkallardan biri tekel bayii olmuştu. Ve bir "saz" vardı. Geceleyin duyulan sarhoş naraları da yadırganmıyordu. Değişme akla durgunluk verecek bir hızdaydı. Yenilikleri yadırgayan kimselerin olmasına rağmen, bir zaman sonra onlar da her yeniliği artık doğal bir olay halinde görmeye başlamışlardı. İlk zamanlardaki dirençleri zayıflamış, kırılmıştı. Oluşan değişmenin, yenilenmenin ilkin özle ilgili bir olay olduğunu düşünen kimseler artık bunların bütünüyle biçimsel olduğu kanısını taşıyordu. "Mademki oluyor, öyleyse doğaldır" diye düşünmeye başlamışlardı.

Fakat hiçbir değişiklik, şehrin tabiatına müdahale edemedi.

Poyraza meselâ.

Yazın bağlara çıkmaya meselâ. Bağlara çıkıp kışlık şıraların yapılmasına. Fırınlara rağmen yufka ekmeklere. Şapkacıya rağmen şalvar giyilmesine. Kiremit çatılara rağmen toprak damlarda tarhana kurutulmasına.

Ve mevsimlere.

Şubattır. Kar yağar.

Mart. Ayaz. Isıran bir soğuk.

Temmuz. Ağustos. Ahır dağından kopan poyraz, tozu dumana katar. Bu kadar toz, bu kadar toprak nerden, nasıl peydahlanır? Akıl ermez.

Kara, bol şalvarın üstüne kırmızı mintan. Ve beyaz ipekten bir kuşak. Kalfaların pazar giyimleri. Ökçesi basık, sivri burunlu, rugan kunduralar. Bunlar da var.

Eski mezbeleliklerde birtakım binaların yükseldiğini görmek insanları hayrete düşürüyordu. Yeni yetmeler, şehirlerinde böyle binaların yapılmış olmasını gururla karşılıyorlardı. Bu yeni binalara bakıp hayallere dalıyorlardı. Şehrin –yalnız şehrin mi, tüm ülkenin– geleceği sanki bu binalarda gizliydi, tuhaf bir muştuyu sezinliyorlardı bu binalarda: hor, hakir görülmekten bu yeni binalar, parke taşlarıyla döşenmeye başlayan sokaklar sayesinde kurtulacaklardı. Eskiyi –acaba, eski diye düşündükleri şey nasıl bir imgeydi kafalarda, çok belirsiz, kaypak, saydam bir şey olmakla birlikte gene de sinsi bir kötülük, unutulması gereken kötü bir öz vardı eski olanda– böyle böyle unutacaklardı. Bu yüzden biraz sevinçliydiler de. Çünkü gelen her değişiklik, eski olanın üstüne bir cila, bir vernik çekiyordu. Boyunlarında zincirlerle sırf şapka giymeyi reddettikleri için başka şehirlere itile kakıla sürülen, oralarda asılan insanlar, bu hemşeriler, hatırlanmıyordu artık. Kıyıda köşede bu insanlardan konuşulduğunu işitenlerse onların neye, niçin direnmek istediklerini bir türlü kavrayamıyorlardı, bir çeşit aptallık yapmışlardı onlar. Bir hiç için. Özellikle, eskiden Alman hastanesi olan o kocaman binadan çıkanlar –çünkü bir mektepti orası şimdi. Şehir boydan boya vernikleniyordu. Boyanıyordu. Marangozlar mobilya yapıyordu. Kızların, gelinlerin çeyizleri katır sırtında değil, kamyonlarla taşınıyordu. Cilaydı bunlar. Derinlerde bulunan özü büsbütün değiştirmese de gizliyordu ya, bu bile güven veriyordu. Zaten doğar doğmaz bu cilayla, verniklerle karşılaşanlar, onların altındakini bilmiyordu, nerden bilsinler? Onlar için kurulu düzen buydu. Cilanın altı ilgilendirmiyordu onları. Ne de boyunlarında zincirleri şakırdatarak, kol kol başka şehirlere sürülenler, boyunlarındaki zincirler birbirlerine de bağlanmış olarak. Ne de bunlar..

Şurda burda, kıyıda köşede gül yetiştiren üç beş adam vardı. Tuhaf insanlar. Zaman zaman, çarşılarda, dükkânlarda bunlardan konuşulurdu. Bir saygıdan çok uğraştıkları işin tuhaflığına ilgi duyulurdu. "Ne adamlar var dünyada?" diyerek, anlam veremedikleri bu uğraşılara gülümserlerdi. Bu adamlar hakkında çeşit çeşit hikâyeler uydururlardı. Söz gelimi, birisi için: "karısı öldükten sonra bu hallere düştü zavallı" diyorlardı. Bir başkası için: "harpte kulağının dibinde bir bomba patladıktan sonra böyle olmuş" diyorlardı. Fakat uzun uzadıya durulmazdı bunların üstünde. Konuşulup geçilirdi. Bu hikâyelere zaman zaman yeni ilâveler yapıldığı da olurdu. Aşk yüzünden böyle evlerine kapanıp kaldıkları da söyleniyordu. "Vaktiyle bir kıza âşıkmış, istemiş vermemişler. Karasevda." Genel olarak zararsız deliler gibi bakılıyordu bunlara. Böyle konuşanların çoğu da onlardan herhangi birinin yüzünü bir kezcik olsun görmüş değildi. Aslında kimsenin içtenlikle önemsediği de yoktu onları. Saygı denemeyecek bir saygı duyuyorlardı. Zararsız delilerdi, işte bu.

Akşam olunca esnaflar dükkânlarının darabalarını kapatıyor, çarşı beş on dakika gürültüyle yankılanıyordu. Kalaycılar, demirciler, tenekeciler, bakırcılar, bakkallar, tuhafiyeciler vardı. Ağaç direklerde solgun elektrik ışıkları yolları aydınlatıyordu. Caddeler beş on dakika kadar esnafların kalabalığıyla dolar, sonra birdenbire boşalırdı. Akşamdan önce sığırlar nahırdan dönmüş olurdu. Ana yol, bir süre de ineklerin isteksiz böğürtüleriyle şenlenirdi. Yazıdan dönen ırgatlar, römorkların içine doluşmuş olarak geçerdi. Irgatlar için büyük bir şanstı bu, çünkü eskiden aynı yolu yaya olarak yürümek zorundaydılar. Bir süre sonra çarşı iyice sessizleşirdi. Kimse kalmazdı. Zaman zaman bekçilerin düdükleri işitilirdi. Zaman zaman caddenin ortasından sürü halinde köpekler geçerdi. Garip, yalnız, tuhaf bir terkedilmişliğe dönüşürdü tüm çarşı. Burda sanki beş on dakika önce tek insan bulunmamış gibi olurdu. Ama çarşı için böyleydi bu. Şehrin yukarı kesimi elbet başkadır. Orayaysa akşamdan sonra gelirdi canlılık. Yıldız Sinemasının önüne asılmış bir sıra renkli süs ampulü bir şehrayin görüntüsü verirdi. "Saz"lardan yavaş yavaş ince saz ezgileri duyulmaya başlardı. Çocuk bahçesi gece yarısına kadar açıktı. Memurların devam ettiği "kulüp" de açıktı, kapalı perdelerinden dışarıya ışıklar sızardı. Evet memurlar.. yeni gelen her memur, görevi, mevkii ne olursa olsun, az çok bir olaydı. Her birinin dar ya da geniş bir çevresi olurdu. Birkaç gün bile geçmeden şöyle konuşmaları işitebilirdiniz. "Ha, o mu? Forsumuz geçer yeğenim.. bir işin varsa halledelim."

Akşamdan sonra dışarıya çıkar insanlar, şehrin yerlileri buralara gelmez. Onlar, kahvelere giderler. Burayaysa ya memurlar, ya "çakal takımı" gelir. Bir de yeni yetmeler. Yalnız vernikleri görenler. Verniğin altına dikkat etmeyenler. Kendilerini aklı başında görenlerse hiç dışarı çıkmazlar. Olsa olsa ayda yılda dost, akraba ziyaretlerine giderler.

Gece yarısından sonraysa sokaklarda kimse yoktur.

Her taraf sessizleşmiştir.

Sabahın ilk saatlerine kadar böyle sürer.

Sessizce. Sonra, şafaktan önce ilkin yazıya giden ırgatların sesi duyulmaya başlar. Daha sonra.. tüm kasaba, günlük hayatına doğru açılır, gerinir, mahmurluğunu giderir. Günün ışıkları, hiç şaşmaz, aynı eğiklerden, aynı açılardan, çinko çatıların üstünde yansır.

Bu gece şehirde uyumamış kimse kalmış mıdır acaba?

Bir kişi vardı. Yaşlı adam uyumuyordu.

Akşamdan sonra hafif bir rüzgâr çıktı. Boşlukta duran sokak lambaları sallanmaya başladı. Rüzgâr yerleri süpürüyordu. Havada pisipisiler uçuşmaya başladı. Ahırdağı, ay ışığında, uzakta, çıplak ve bembeyazdı. Karanlıkların içinden, sokak aralarından tatlı, korkunç bir uğultu yükseliyordu. Çinko çatılar rüzgârdan ıslık çıkarıyordu. Sert değildi rüzgâr. Ama güçlüydü. Göz doldurucuydu. Toktu. Ovanın ortasından geçen trenin düdüğünü kasabanın içlerine kadar taşıdı, belki daha da uzaklara. Fakat kimse duymadı. Tıpkı bu sıralarda acı acı uluyan köpek seslerinin pek fark edilmemesi gibi. Fark edilemezler ama mevcutturlar. Fark edilmedikleri için de insanın içinde gizli bir trajedi havası uyandırırlar. Yalnız insan değil, eşya da tuhaf bir melankoliye bürünmüştür. Yani herkes herşeye hazırdır: ibadete ve isyana. İbadetteki isyana ve isyan edişteki ibadete. Bir tutamak bulamayanların heyheyleri böyle zamanlarda yükselir.

Gece yarısına doğru sinemalar dağıldı. Arkasından sazlar boşaldı. Kalabalık şuraya buraya, ikişer üçer kişilik kümeler halinde, kimi yaya, kimi taksiyle kaybolup gitti. Kısacık bir zamanda olupbitti bunlar. Gürültüsüzce. Kaledeki gazino da hoparlörünü kesince, şehir kendine özgü sesiyle başbaşa kaldı. Büsbütün boşaltılmış gibi. Büsbütün bırakılıp kaçılmış gibi.

Ay ışığı ihmal edilir gibi değil.

Bir saçağın ucundan, kalenin bir burcundan, bir pencere pervazından, bir dalın altından, bir sokak aralığından yayılıp duruyor.

Pınarbaşı'ndaki bahçelerin ağaçları üstünde yağ lekesi gibi parıldıyor. Küçük şelalenin sathında yakamozlar. Batıpark'tan sonraki zeytinlikler bu ışıkla ağdalanmış gibi.

Aydınlığı değil de, karanlığı haber veren tuhaf bir ışık bu. Işık vermiyor da, rastladığı yere biraz karanlık bulaştırıyor gibi. Sabaha doğru poyraza çevirecek olan rüzgârın uğultusunu belli bir nota üstende donduruyor gibi. Her şeye bir donukluk, cansızlık ulaştırıyor, öyle gibi.

Yaşlı adam, çardaktaki seccadesinin üstünde oturuyor.

Gözlerini yummuş.

Yakınlardaki bir damın saçağında, boşlukta sallanan bir tenekenin düzenli aralıklarla çıkardığı ses..

Hemen hemen o sese uyarak bir öne, bir arkaya sallanıp duruyor.

Elli yıl önce, arkadaşları zincirlenirken, o zincirlerden çıkan şıkırtılara benzer bir sesi işitiyor, durmadan o sesi işitiyor, sallanıyor, Allah diyor..

*

Otelin lobisinde, yuvarlak bir masaya tek başına oturmuş sigara içiyordu Tansel. Ama onu fark etmem kolay olmadı. Dışardan gelen birisi için oldukça karanlıktı salon. Kapıda durup bir süre seyrettim içeriyi. Salonun dip taraflarından caz sesi duyuluyordu. Küçük küçük ampullerle donatılmıştı her yan. Ordan oraya dolaşıp duran garson kızlar, tepsilerin içinde fişler, çekler taşıyorlardı. Salonun bir köşesi zincirle çevrilmişti, yalnız poker oynayanlara mahsus bir yer. Ortadaysa sıra sıra masalar. Krupiyelerin yönetiminde kumar oynayanlar için. Müthiş bir kalabalık. Ama her şey düzenli. Ve herkes. Serbest ama zarif tavırlı bir kıpırdanış. Elinde tepsiyle geçen kız soruyor:

Yardım edebilir miyim?

Teşekkür ederim.

Tansel'in oturduğu yere doğru yürüyorum.

Yanına yaklaşıncaya kadar görmüyor beni. Masasının üstünde üç tane tombala kartı var. Ekrandan, çekilen numaraları izliyor.

Oturabilir miyim?

Aa, sen misin?

Yalnız mısın? diye soruyorum.

Herkes bir tarafa gitti. Ben de buraya geldim, tombala oynuyorum.

Bir yandan da ekrana bakıyordu.

Otursana.

Bir iskemle çekip oturdum.

Kazanıyor musun?

Yok canım ne kazanması.. bununla dördüncü devir oluyor hepsini kaybettim.

Oynamak için mecbur sayma kendini.

Vakit geçiriyorum. Sen nerdeydin?

Ben de deli dana gibi dolaşıp duruyorum. Sitare'yle beraberdik.

Sitare'yle mi? diye sordu şaşkınlıkla.

Evet, ne var?

Hiç, dedi bir şey gizlediğini belli eden bir sesle.

Birşey ister misiniz?

Garson kızdı.

Sen söyledin mi? diye sordum Tansel'e.

Meyve suyu, dedi, vişne.

Kız savuştu.

Kendinde değil, dedi Tansel

Kim? Sitare mi?

İyi görmüyorum, bir delilik yapacak gibi.

Hepimiz yapmıyor muyuz? dedim.

Onunki başka ama. Belki bana öyle geliyor.

Dün üç bin dolar kaybetmiş.

Yalan, dedi Tansel.

Niye yalan olsun?

Palavra.

Dün anlattı, üzgündü. Ama paraya üzüldüğünü sanmam.

Onu üzecek çok şey oldu dün, dedi Tansel.

Evvelki gece demek istiyorsun, dedim.

Evet.

Bir yandan hâlâ ekranı izliyordu.

Zelda geldi evvelki gece, dedi, kartın üstündeki numaralara işaret koyarak.

Bana hiç sözünü etmedi, dedim.

Niçin etsin? Farkında değil misin?

Bilmece çözdürme adama.

Sahi bu kadar saf mısın?

Dikkatle yüzüme baktı.

Sitare Yavuz'u seviyor ama elinden bir şey gelmiyor.

Kendinden beklenmeyecek kadar soğukkanlılıkla konuşuyor Tansel. Soğukkanlı, hesaplı ve ne dediğini kesin olarak bilirmişçe.

Nerden biliyorsun? Gerçi..

(Sözümü bitiremedim, salondaki hareket başımı döndürüyor. Lokanta dip tarafta, burdan yalnız kapısını görebiliyorum, birazdan orda yiyeceğiz yemeği, tanıdık bir silueti görür gibi oldum kalabalığın arasında, acaba kimdi, hayır bizimkilerden biri değil, ayak üstü o kadar çok kimseyle tanışıyoruz ki, üç günde bütün yüzler tanıdık oluyor, tanımadıklarımız bile.. kimilerini sen tanıyorsun, onun seni tanımadığını da biliyorsun, masa örtüleri hep bir örnek, koyu gül kurusu renginde, kumaşlardan anlamıyorum, belki kadifedir, hayır çuha, bu vıcık vıcık kalabalığa rağmen tertemiz hepsi, ne zaman temizliyorlar, ne zaman değiştirmeye fırsat buluyorlar, caz sustuğu zaman burada bir orkestra olduğunu anlıyor insan, susuyor ve ara vermeden yeniden başlıyor, az ilerde küçük bir dansing var, döşeme masa örtüleriyle aynı renkte boydan boya yekpare bir halıyla kaplı.. vesaire.. loşluğun kokusu ve rengi, ne tuhaf.)

Arada sen de kullanılıyorsun.

Üçbin doları kaybettiğine inanmıştım, dedim.

Belki de doğrudur, dedi Tansel, ama onu asıl çarpan..

Kuruntu bizimki, dedim, hepimiz sıkıldık burda, ne yapacağımızı bilmiyoruz.

Zelda kuzenini getirmiş buraya. Yavuz görsün diye. Biliyorsun ona vermek istiyor kızı.

Bilmiyorum, dedim, ama niye buraya kadar getirsin onu?

Sitare'nin yanında göstermek istiyor onu. Sitare iyice umudu kessin diye.

Ya sen çok fitnesin, ya da ben sahiden aptalım, dedim.

Bilemedin işte, dedi, ikisi de değil. Sadece olanlardan haberin yok, o kadar.

Bir şey söyliyeyim mi sana, hiçbir şey bilmek istemiyorum. En kısa zamanda basıp gideceğim burdan.

Bana mı öfkeleniyorsun?

Hem kadının parasını yiyorsunuz..

Sustum birden.

Kusura bakma, dedim, aklım başımda değil.

O hâlâ soğukkanlıydı.

Anlamıyacak bir şey yok bunda, dedi.

Kız vişne suyu dolu bardakları bıraktı.

Hepimizin dinlenmeye ihtiyacı var. En çok da benim..

Güya tatildeyiz, dedi.

Tekrar özür dilerim, dedim.

Yok canım, bir şey değil, hepimiz biraz sinirliyiz, kapana kıstırılmış gibi bir halimiz var.

Evet, tam..

Dostça konuştuğumdan şüphen yoktur inşallah, dedi.

İkimiz de unutalım, dedim, ama unutmak için bir şeyler yapmak lâzım. Dansinge gitmek ister misin?

Hiç gitmedim oraya, dedi.

Ben de, üstelik dans falan da bilmem.

Madem bir şey yapamıyoruz, dans edenleri seyrederiz.

Okey, dedim.

Yalnız şunların sonunu getirelim, dedi kartları göstererek.

Nasıl olsa kaybedeceksin, dedim, vazgeç.

İçine öyle mi doğuyor?

Evet, ama aptallığımdan değil, kuralı biliyorum artık.

Şans meselesi bu, dedi, hiçbir kuralı yok, daha doğrusu tek kuralı var, o da şans. Tesadüf.

Göreceğiz, dedim.

Acele etme, dedi, şu oldukça şanslı görünüyor, iki sırayı doldurdum bile.

Vazgeçelim istersen gitmekten. Gözümle dansingi işaret ettim.

Benim de içim atmıyor, dedi.

Saatin kaç? diye sordum.

Altıya geliyor.

Yarım saat sonra Sitare'yi alacağım, birlikte çıkacağız.

İkiniz mi? dedi. Belirsiz bir şaşkınlık gelip geçti yüzünden.

Evet, dedim, dün sözleşmiştik.

Ne yapacağını bilmiyor Sitare. Hiç iyi görmüyorum. Korkarım farkında değilsin sen.

Bazen öyle şeyler oluyor ki.. nasıl söylesem.. insan kapılıp gidiyor.. kapılıp gittiğini anlasan bile değişmiyor.. olup bitenin bir parçası gibisin.. nefes almamak elinde değilse, hani nefes aldığını fark ettiğin zaman bile nasıl onu önleyemiyorsan.. Sitare'yle tanışmak da öyle. Onu ne zaman tanıdığımı bile bilemiyorum.. oysa çok eski değil, biliyorum. Gene de bir türlü çıkartamıyorum. Bak seninle nerede nasıl tanıştığımı bugün gibi biliyorum. Üzerindeki elbisenin rengine kadar. Tuhaf bir oyun oynuyorlardı, hatırlıyor musun? Bir rulet çeviriyorlar, gösterge hangi renkte durursa ayaklarını ya da ellerini o rengin üzerine koyuyorlardı. Beceremiyen oyundan çıkıyor. Hatırladın mı? Sitare'nin fabrikasında çalışan teknikerin evinde? Seni ilk orda görmüştüm. Ama Sitare'yi bir türlü çıkartamıyorum. İnsan onunla tanıştığı anda, onu sanki baştan beri tanıyormuş gibi oluyor..

Neyi anlatmak istiyorsun, bilmiyorum, dedi Tansel.

Senin içindeki sezgiyi anladığımı anlatmak istiyorum, dedim, ben de aynı şeyleri hissediyorum belki, ama bir şeyi değiştirmiyor bu.

İradesiz bir insanı anlatıyorsun sen.

Doğru, dedim, bir görünüşüyle iradesiz bir adamı anlatıyorum. Ama büsbütün buna bağlamak yerinde olmaz. Düşün ki, şimdi burada hepimiz Sitare'nin yüzünden bulunuyoruz. Yani hiçbirimizin tek tek buraya gelmek aklımızdan geçmezdi. Ama şimdi hep birlikte buradayız. Bunda gizli bir organizasyon var. Sitare bunu yapıyor işte. Üstelik kendisi hiç ortada yokmuş gibi..

Demin bir şey söyledin, beni nerde gördüğünü hatırladığını..

Evet, dedim, bu gün gibi aklımda.

Tansel gülümsedi.

Hiç aklıma gelmezdi bu, dedi.

Bir durumu ortaya koymak istedim, dedim, yanlış anlama sana önem vermediğimi...

Tersine, beni önemsediğini söylemek istedin, öyle değil.. mi?

Aslında seninle ilgili değildi söylemek istediğim şey.. nasıl anlatsam.. bazen küçük, çok önemsiz bir şeye bile dikkat edersiniz. Dikkatiniz onun öneminden ileri gelmez. Sizin o andaki durumunuz ona dikkat edecek bir haldedir.

Tansel ekrana baktı, kartların üstünde bir numara daha kapattı.

Oldukça girift bir şey bu, dedim, Sitare'ye mahsus bir özellik. İnsanın önemli ya da önemsiz olmasıyla ilgili değil. Tersine, insan önemsediği biriyle tanışınca bu tanışma ânını hep aklında tutmak ister. Sitare'yse o ânı unutturuyor insana.

Benim söylediklerimle bağlantısı ne bunların, dedi Tansel. Sanırım ben Sitare'nin kötüye gittiğinin farkında olmadığını söylemiştim.

Ben de aynı şeyi anlatmak istedim ama galiba çok dolambaçlı oldu. Farkında olmanın işe yaramadığını anlatmak istiyorum.

Gücenmezsen bir şeyi tekrarlıyacağım, Sitare seni kullanıyor, anladığım kadarıyla sen de buna göz yumuyorsun, öyle mi?

Bakış meselesi, dedim.

Doğru değil mi dediğim?

Doğru veya değil, bir önemi var mı? Şu anda yaptığın işin yanlış olduğunu fark etsen ne çıkar bundan? Yani o yanlışlığı bir kez işledikten sonra.. olmamış gibi görebilir misin onu?

O başka, dedi Tansel, ama yanlışlık henüz önlenebilecek bir safhadaysa.. değil mi?

Sen de kapalı konuşuyorsun, dedim.

Peki, daha açık konuşayım, Sitare'ye yardım edelim.

Ne yardımı? Yardıma ihtiyacı mı var onun?

Evet, dedi, fazla geç kalmadan birşeyler yapmamız gerekiyor.

Kusura bakma ama saçma bu, dedim.

Geç kalırız diye korkuyorum, dedi Tansel. Çok ciddiydi.

Ne yapalım istiyorsun? dedim.

Afyon hikâyesini anlattı mı sana?

İçkisine afyon koymuşlar..

Uyduruyor.. Gerçi epey para kaybetti ama uyku hapı almadan önceydi. Sonra Zelda geldi. Kuzeniyle. Beraber burda oturduk. Çok hain bir kadın.. Sitare'nin çaresizliğini biliyor. Açıkçası kuzenini Yavuz'a peşkeş çekiyor. Şimdi anladın mı Sitare'nin sana niçin yaklaştığını?

İyi ama bizim arkadaşlığımız yeni değil ki, dedim içimdeki kırıklığı bastırmak isteyen bir tonla.

Benden söylemesi, dedi Tansel.

Çok tuhaf yaklaşımların var, dedim düşünerek.

Sonra saati sordum.

Altubuçuğa yedi var, dedi.

Müsaadenle, deyip ayağa kalktım. Kartları o zaman gördüm.

Kayıp, değil mi? dedim ezik bir gülümseyişle.

Evet, dedi.

*

O Gece (yani Çarli'ye kriz gelmeden bir gün önce) çok geç bir vakit. Gerçi uyumamıştım daha. Erol gelmişti. Vakit geç olunca bırakmadım onu. Ertesi gün işi yoktu. Bizde yatmaya karar verdi. Kendi yerimi ona verdim. Ben de dışarıdaki kanepede kestirecektim. Işıkları söndürdüm. Kanepeye uzandım. Üzerime pikeyi çektim. Düşünmeye başladım. Neyi düşünüyordum? Çok şeyi. Ya da sıfır. Dışardan sokak lambasının ışığı vuruyor. Yaz gecesi. Yaz gecelerine özgü o çıtırtı. Böcek sesleri. Buzdolabının düzenli aralıklarla çalışmasından doğan o elektrikli, madenî ses. Çekirgelerin çıkardığı ses. Bitişik komşum, genç bir karı koca, gene kavga ettiler. Sesleri gürültü halinde duyuluyor ama ne dedikleri anlaşılmıyor. Korkunç bir gürültü yaptılar bir ara. Kadının bağırmasını işittim. Uzun bir çığlık. Ağlamadan çok ayaklanmaya benzeyen bir çığlık. Bir masa devrildi sanki. Üzerindeki tabak çanaklar şangırtıyla yere döküldü. Genç adam karısını kıskanıyor. Belki de delidir. Tanışamadık henüz. Haklı mı, deli mi, bilmiyorum. Neden sonra sustular. Ya da artık ben duymaz oldum. Susmuş olmaları akla daha yakın. Onların arkasından korkunç bir motosiklet gürültüsü yükseldi sokakta. Hayır, bir değil. Belki üç. Belki beş. Belki daha çok. Seslerinden kan beynime sıçrar gibi oldu. Küfrettim. Aklıma gelen en şiddetlisiyle. Motorlarını uzun bir süre çok yakınlarda çalıştırdılar. Bağıra bağıra konuşuyorlardı. Kalkıp susmalarını istemek boşuna. Eve saldırabilirler. Müthiş bir asap bozukluğuyla gitmelerini bekledim. Neden sonra hareket ettiler. Hareket etmeden motorların sesi korkunç derecede yükseldi. Daha önce hiç görmemiştim ya da dikkat etmemiş olabilirim bu çeşit motosikletlere. Dümenleri kartal kanadı gibi geniş bir kavis yaparak baş hizasına kadar yükseliyor. Çok yüksek bir gürültüsü var ve.. hız. Neyse, uzaklaştılar. Bir süre sessizlik oldu. Başka bir gürültü duymadan uyusam diye düşünüyorum. Belki yalvarıyorum. Pikeyi başımdan aşırdım. Sıcak oldu. Az sonra alnımın terlediğini hissettim. Pikeyi çekip attım. Kımıldamadan durdum. Kalbimin sesini dinledim. Yaşamanın ve ölmenin anlamını düşündüm. Erol'un uyurkenki hırıltısını işittim. Kımıldamadan durdum. Belki çok yorulmuştum. Hayır, hiç kıpırdamamalıyım. Kalbimin sesi uzaklaşıyor. Antrenin kapısı sokağa açılıyor. Aslında hiç güvenli bir yer değil burası. Annemi hatırlamaya çalışıyorum Çok uzun mektuplar yazıyorum. Onların asla ilgilenmeyeceği şeylerle sayfalar dolduruyorum. Daha çok şöyle bir güdüyle yapıyorum bunu: hayatta bulunduğumu ispat! Telgraf çok tehlikelidir bu bakımdan. En azından bizimkiler için. Mektubun içi ne olursa olsun, istersen çok güç durumlarda olduğunu anlat, yeter ki uzun olsun, hâlâ yaşamakta olduğunun, mücadele etmekte olduğunun en keskin, en reddedilmez ispatı budur. Telgraf daima kuşkulara yol açar. "İyiyim, ellerinizden öperim" diyen bir telgraf aslında senin çok sıkışık bir halde olduğunu bile gösterebilir. Sabahleyin hemen uzun bir mektup yazmalıyım. Evet. "Sevgili babacığım ve anneciğim… (dünün uzunca bir özeti).. işte böyle.. çok iyiyim.. tek arzum sizinle beraber.. bizimkiler (burada tek tek adlar sayılacak) iyiler mi.. onları.." Böyle. Kapı o zaman aralandı işte. Korkunç bir hareketsizlikle. Sessizlik denemez buna. Sessizlikten daha fazla bir şey. Donmuşluk. Donmuş bir hareket. Böyleydi. El, kapının aralığından zarif bir hareketle girdi içeri, kapının arkasındaki tokmağa doğru zarif bir hareketle büküldü. Annemin eliydi. Onun ölü eli. Fakat ne kadar canlı bir ölünün eli, tanrım! Kıpırdamadan bakıyorum. Ve tam yeridir, korkuyorum. Korkunun bu kadar güzeli olamaz. Tiril tiril, sıcak ve çok derinlerde. El hâlâ kıpırdamadan duruyor, o zarif bükülüşüyle tokmağın üzerinde bekleyerek. Kendisini gördüğümü hissetti. Kati bir kararla hareket etmiyor, kıpırdamıyor. Uyumamı bekliyor. Ben uyuduktan sonra girecek. Bunu çok iyi biliyorum. Fakat artık uyur muyum? Yakaladım. Kendimi uyuyor zannettirerek bekliyeceğim. Kalbimin sesini yeniden işitmeye başlıyorum. Motosikletlerin gürültüsü gibi. Onlar kadar ses çıkarıyor. Gözlerimi bir an bile ayırmadan bakıyorum. El asla kıpırdamıyor. İçimde gizli bir dehşet büyüyor. Artık kalbimin sesi de dışarda. Sokakta. Oradan işitiyorum. Açıklanmaz bir korku veriyor bu bana. Sonra birden bu elin bir ölü eli olduğunu kavrıyorum. Annemin eli bile olsa, bir ölü eli. Bir ölünün eli. Ölü bir el. Kalkmayı deniyorum ilk kez. Yapamıyorum. Kalbimin sesi, bir taksi motorunun sesine dönüşüyor. Taksi kapının önünde duruyor. Karmakarışık sesler duymaya başlıyorum. Sitare olabilir mi? Evet o, ta kendisi. Öbür el daha ordan, tokmağın üstünden çekilmemişken, kapı vuruluyor. Koskoca adamın "an-nee" diye çığlık atmasını düşünebiliyor musunuz? Sırtım, her tarafım sırsıklam ter içinde fırlıyorum. Perdenin aralıklarından sokak lambasının solgun ışığı hâlâ süzülüyor. Ortalıkta hiçbir hareket yok. Hiçbir ses de. Fizik bir korku, tam bunu hissediyorum. Fizik olarak korku. Aynı korkuyla kapıya bakıyorum. Hayır kapalı. El falan, hiçbir şey yok. Kapıdan uzaklaşan canlı bir ayak sesi, bir yürüyüş işittim. Yavaşça kalktım kapıyı açtım. Tokmağa iliştirilmiş bir kartvizit. O zaman yatıştım. Yürüyen karartı nerdeyse kaybolmak üzereydi.

Sitare, diye bağırdım.

Şimdi içimde hep aynı ses: Sitare, Sitare, Sitare, Sitare.

Fakat o zaman çok şeyi bilmiyordum. Şimdi bildiklerimi en azından. Hayır, bana umut verdi diyemem. Gizlice ben umuda kapılmışım. Kendim bile farkına varmadan.

Çarli'nin sıkıntısını hiçbirimiz anlayamamıştık o zaman. "Gidelim" deyip duruyordu. "Gitmem gerek." Buna rağmen oturmuşlardı. Çarli kanepede sızıp kaldı. Neden sonra kalktıkları zaman o ağır, dayanılmaz, iğrenç koku.. Çarli'nin niçin gitmek istediğini o zaman anladık.

İki saat sonra telefon. Sitare.

Çabuk gel, diyordu, Çarli'ye bir şey oldu.

Hemen gittim.

Çarli'yi hastaneye götürdük.

Çarli'nin kaydını yaptırıyorum hastanede. Bir süre kalması gerekecekmiş.

Çarli mi, diye soruyor sekreter, Amerikalı mı?

Hayır, Türk, diyorum.

Asıl adı bu mu? diyor.

Asıl adı mı?

Evet, Çarli mi asıl adı?

O âna değin hiç düşünmemiştim Çarli'nin asıl adı bu mu, değil mi diye.

Evet, öyle olsa gerek, asıl adı Çarli galiba.

Kesin söyleyin lütfen.

Sen böyle yaz, diyorum, Çarli diye yaz.

Fakat adı bu değilse.. sonra bir aksilik çıkarsa sorumluluğu üzerime alamam, diyor sekreter.

Bir şey çıkmaz canım, ne çıkacak?

Şimdi böyle ama sonra işler değişebilir, hem paranın tamamını ödememişsiniz daha.

Ne tutacağını bilmiyoruz ki, istedikleri kadar ödedik, işte ödendiler.

Özür dilerim, kaydedemem, diyor.

Benim adımı yazın öyleyse, diyorum.

Hasta olan siz değilsiniz ki, diyor.

Cebimden ödendileri çıkarıyorum, arasına yüz lira karışmış, uzatıyorum sekretere.

İşte ödendiler, diyorum, benim adımı yazın, merak etmeyin bir şey olmaz.

Adımı söylüyorum, yazıyor. Ödendileri geri veriyor, para dikkatle masanın çekmecesine düşüyor.

Birkaç saat sonra doktoru görüyorum.

Akut myokard enfarktüsü, diyor, trombo emboli komplikasyonu varit.

Yani? diyorum.

Oldukça ağır, diyor, şimdiden bir şey diyemem.

Akşama doğru bir kez daha uğruyorum hastaneye. Tek kelime söylüyor doktor.

Hemipleji.

Kafama takılıyor bu kelime. Tıpkı Sitare gibi. Hemipleji, hemipleji, hemipleji diye tekrarlayarak eve dönüyorum.

*

Asansörde benden başka üç kişi daha var.

Kaçıncı kat? diye soruyorum.

Üç, diyor üçü aynı anda.

Düğmeye basıyorum.

Üçümüz de koridorda aynı yöne doğru yürüyoruz. Aynı kapının önünde duruyoruz. Onlardan erken davranıp zile basarken soruyorum:

Afedersiniz, kimi arıyorsunuz?

Sitare, diyor biri, burda oturmuyor mu?

Şaşkınlıkla "evet" derken kapı açılıyor. Sitare kapıda. Koyu, sade bir giyim var üstünde. Kapıyı ardına kadar açıyor.

Buyrun lütfen, diyor.

Adamlar giriyor içeriye. Ben arkada kalıyorum.

Kim bunlar? diye fısıldıyorum.

Sesini çıkarma, diyor, bir kenarda oturup bekle.

Onları salonun dip köşesindeki koltuklara oturtuyor. Ben de başka bir köşeye oturuyorum. Bizi tanıştırmadı. Şimdi dördü beraber oturuyor. Fazla yüksek olmayan bir sesle konuşuyorlar. Onları seyrederken, hiç beklemediğim bu adamlarla bir arada bulunduğumu düşünüp tarifsiz bir garabet hissetmeye başlıyorum. Sitare benimle hiç ilgilenmiyor. Onların varlığı beni hiç ilgilendirmiyormuşçasına bir tavır vermeye çalışıyorum kendime. Bir ara Sitare yüzünü bana çevirip:

Özür dilerim, dedi.

Adamlar da dönüp bana baktılar, ama çok kısa, bir an kadar kısa bir süre baktılar. Sonra, o bir an içinde her şeyi anlamışlar gibi, demin yaptıklarını tekrarlayarak başları önlerinde "işlerine" devam ettiler. O ara:

Zararı yok, diye mırıldanabildim.

Konuşmaları uzun sürmedi. Sonsuza değin uzayacağını sandığım konuşmaları birdenbire kesildi, üç yabancı hemen hemen aynı anda ayağa kalktı. Yüzleri oldukça rahattı. Ya da şimdi rahatlamıştı. Sitare kapıya kadar arkalarından yürüdü. Onları uğurlarken bana:

Kusura bakmayın sizi yordum, dedi, çaresizliğini göstermek istercesine ellerini iki yana açtı: Elimden bir şey gelmezdi, dedi.

Şaşkınlıkla bakıyorum.

Adamlar hoşnutluk ve mahcubiyet karışımı bir gülümsemeyle bana baktılar. Ben de onlara gülümsedim.

Fakat başka bir şey yapabilirim sizin için, dedi biraz yüksek bir sesle ve sesini artık dönmüş gidiyor olan adamlara duyurmak isteyerek. Adamlar çekilince kapıyı kapattı. Sırtını kapıya dayayarak gülmeye başladı.

N'oluyor Allah aşkına, diye sordum, kimdi bunlar?

İş adamı, dedi gülümseyerek, müteahhit.. bizim makinelerden birini sattım.. O makineyi senin alacağını sanıyorlardı.

Anlamadım, dedim.

Anlamayacak bir şey yok, dedi bana doğru yürüyerek, senin de müteahhit olduğunu söyledim onlara, karar vermelerini çabuklaştırmak için de senin teklif ettiğin fiyatı söyledim.. biliyorsun benden başka imalatçısı yok bunların.. şimdi almazlarsa birkaç ay daha beklemeleri gerekiyordu. Eski müşterilerim.. durumu bildikleri için fazla uzatmadılar..

Az önce Tansel'in bana söylediğini hatırladım. "Sitare seni kullanıyor" demişti.

Korkunç bir kadınsın, dedim.

İş kadınıyım ben, dedi.

Beni kullanıyorsun sen..

Büyütme, masum bir iş.. görüyorsun, sırf kumar oynamaya gelmedim buraya.. buradaki masrafları da çıkarmam lâzım.

Ama aldattın onları, beni de âlet ettin.

Hayır, aldatmadım, işi çabuklaştırmış oldum, o kadar. Neyse kendi işimize bakalım. Müsaade edersen üstümü değiştireyim şimdi.

Odasına girdi, arkasından kapıyı açık bıraktı.

İçerden seslendi:

Fazla geç kalmayalım.

Karşılık vermedim. Şimdi her şey daha can sıkıcı. İlk günün bütün çekiciliği yitip gitti. Hem birkaç saat içinde. İnsan, bir gezgin, başıboş, avare olarak hoşlanabilir buralardan ama bize göre değil. Bizim için her şey çabuk trajikleşiyor. İğreti şeylere tutunuyoruz. Üstelik tutunduğumuz her şey bir an sonra elimizin altından kaymaya başlıyor. Daha ısınmamıştık bile, daha alışmamıştık bile ona. Böyleyken kayıp gidiyor. Tutunduğumuz şeyin iğretiliğinden çok, kendimize ait bir özellikten geliyor bu.

Kapalı tülün ardından artık sadece karanlık görünüyor. Akan, parlayan ışıklar karanlığı büsbütün belirli hale koyuyor. Artık Sitare'ye nasıl davranacağımı bilemiyorum.

İşte hazırlandım ben.

Sitare'ydi. İsteksizce baktım. Daha açık renk bir elbise vardı üstünde. Kalktım.

Çıktık.

Sokak, cadde gene o bildik, hareketli kalabalığı doldurmuştu içine. Vitrinlere bakıyorlar, boş, amaçsız dolaşıyorlar, ışıkları seyrediyorlar, artık görünmeyen gökyüzüne doğru başlarını kaldırıp bakıyorlar, bir şeyler seçiyorlar, alıp ellerine bakıyor, inceliyor, sonra onu bırakıp bir başkasını alıyorlar, gene inceliyorlar, berber dükkânlarına giriyorlar, oradan çıkıyorlar, pasajların bir kapısından girip öbür kapısından boşalıyorlar, slot machine'lere para bırakıyorlar, oradan dökülen paraları memnunlukla ceplerine yerleştiriyorlar, yürüyorlar, dondurma yiyorlar, sirklere, gazinolara giriyorlar, tepelerinin üstünde akan ışık arklarına bakıyorlar, ışıkların yüzlerinde yaptığı değişikliği görüp şaşırıyorlar, otomobillere biniyorlar, inip kalkan uçakların sesini işitiyorlar, kendilerinin de uçaklara, gemilere bindiklerini, gene bineceklerini, durmadan tekrarladıkları işlerini gene yapacaklarını düşünüyorlar, evlerini, arkadaşlarını özlüyorlar, onlara anlatabilecekleri ilginç şeyleri akıllarında tutmaya çalışıyorlar ve durmadan, hiç durmadan başı, sonu belli olmayan bir ırmak halinde her yerden akıyorlar, her yeri dolduruyorlar, kayboluyorlar, sonra umulmadık bir yerden tekrar suyun yüzüne çıkıyorlar, ağır, koyu bir mayi halinde akıyorlar, akıyorlardı.

Kendimi bir nokta kadar hiç olarak gördüm. Bu durmadan akan, yürüyüp kaybolup giden girdap içinde, bu korkunç çağıltıda bir damla su gibi. Yalnız kendimi değil, yaptıklarımı da, yapmayı tasarladıklarımı da. Sitare'yi de. Her şeyi. Bu akıp giden insan yığınını, tek tek her biri önemsiz bir vesile olan şu insanları.. bir arada oluşlarının insana verdiği ağırlık korkunç. Tek tek hepsi sıfır. Bir araya gelince ezip geçiyorlar seni. Çiğniyorlar. Sen tek başınasın, onlarsa yığın olarak sana karşı bütünleşmişler. En iyisi hiç karşına almamak. Görmemek. Belki o zaman güçlü görebilirsin kendini. Onların her birini teke tek yenebileceğin bir konumda tutabilirsen, bunu başarabilirsen, yenersin onları. Yoksa kendi eserin karşısında bile ne kadar cılızsın, önemsiz ve yeniksin.

Birden fark ettim. Sitare koluma girmişti. Artık önemi yok. Çektiği basit numaranın da önemi yok. O da bu akıp giden mayinin içinde bir molekül.

Konuşmuyorsun?

Sesi birden çok dokunaklı geldi bana. Bir acıma duygusuyla birlikte. Nasıl anlatmalı, eşya yerine koyduğun bir kölen vardır, hiçbir şeyine dikkat etmemişsindir, bir gün yemek yerken görürsün onu: acıkmış bir halindeyken, iştahla yemek yediğini görürsün, o da senin gibi çiğnemektedir, çiğnediği lokmaları senin gibi yutmaktadır, gırtlağının inip kalktığını fark edersin, işte o anda, birden, bu adamın da bir insan olduğunu anlarsın, bunu anladığın anda da içini ezilmiş bir acıma duygusu kaplar, bütün dünyan bir ân için, hiç olmazsa o ân için değişiverir.. sesini duyunca buna benzer bir duyguya yakalandım.

Demin sana çok kızmıştım, dedim.

Kesik bir sesle güldü.

Sandığımdan daha alıngansın öyleyse.

Şimdi artık yığın kayboluyor, yeniden insanîleşiyor.

Beni kullanmadığını hâlâ söylemedin ama, dedim.

Böyle bir şey yok ki, dedi.

Var.

Kavga mı edeceksin benimle?

Hayır, bir durumu ortaya koymak istiyorum.

Neymiş o durum?

Bir an tereddüt ettim. Fakat ağzım tereddüdüme baskın çıktı.

Açık konuş, dedim.

Evet?

Yavuz'a karşı paravan mıyım ben?

Beni hiç anlamamışsın sen.

Bu bir cevap değil.

Âşık olmamı mı istiyorsun sana?

(Birden bocalatıyor bu soru beni. Belki de...)

İnkâr etme, bunu istiyorsun benden.

Belki haklısın, bunu istiyorum. Ama buna yol açan sensin.

Ben değilim, dedi herkes kendi yolunu açıyor.

Peki, seni sevmemi istemiyor musun?

Beni sevmene müsaade ediyorum, dedi, ama benden bir şey bekleme. Söylemiştim sanırım, bende umut yok.

Bana bu müsaadeyi vermen büyük lütuf, dedim.

Unutma, dedi zorlamıyorum seni, şimdiye kadar hiçbir işte, kimseyi zorlamadığım gibi..

Gene sen kazandın, dedim bilinçsizce.

Biliyor musun, hep kazanmak ya da kaybetmek noktasında dönüp duruyorsun sen. Bense hiç aldırmıyorum buna. Hepsi bir benim için.

Çok tuhafsın, diye mırıldandım, korkunçsun, anlamıyorum..

İşte o anlamadığın tarafıma yakalanıyorsun sen, dedi, bildin mi? Oysa basit biriyim. Sense her şeyi gözünde büyütüyorsun. Olduğu gibi göremiyorsun, büyüteçle bakıyorsun.

Seni seviyorum, dedim.

(Bu söz nasıl çıktı ağzımdan bilemedim. Nasıl geldim buraya, anlayamadım. Tıpkı hâlâ onu anlayamadığım gibi. Yeniden aynı garip sıcaklığı duymaya başladım ona.)

Canım benim, dedi.

Hayatım.

Bende umut yok, biliyorsun artık bunu. Benden bir şey bekleme, hiçbir şey.. Çarli'nin ölmesini de isteme. Ben istemiyorum. Çünkü o engel değil.

Sayıklamaya başladın, dedim.

Hayır sayıklamıyorum. Senin içini okuyorum.

Çarli'ye hep acımışımdır ben, dedim.

Ben de, dedi, ama onun hakkında bir şey istemeni önlemez bu.

Bırak alla'şkına, dedim.

Biliyor musun, sana kızkardeşimi vermek isterdim. Ama sana göre değil o.. sana göre fazla hareketli. Ama iyi kızdır aslında. Bir gün evlenirsen kendine göre bir eş seç.

Bunu aklımda tutacağım, dedim.

Sustum. Sonra:

Aslında hepimiz dağılıp gideceğiz, dedim, sen de, ben de, hepimiz. Hiçbirimiz kendimize ait yerlerde gezinmiyoruz.

Birbirimize nasıl bakacağımızı bilmediğimiz için. Hiçbirimiz basit, yalınkat görmüyoruz kendimizi de, başkalarını da. Kendimizde ve onlarda olmayan nitelikleri yakıştırarak bakıyoruz. Sonra bir gün gerçekle karşılaşınca düş kırıklığı.. bundan dağılıyoruz.

Bir çiçekçinin önünden geçiyorduk. Çeşit çeşit çiçekler.. lale, karanfil, gül, kır çiçekleri. Güller kırmızı ve beyaz.

Bak işte, tuhaf bir şey, dedim, bu çölde kim yetiştirir bu çiçekleri?

Çiçekler, dedi tek kelimeyle, her yerde vardır çiçek yetiştiricileri..

Bu basit yakalayış gülümsetti beni. Gerçekten nasıl da basite indirgeyebiliyor? Kimi zaman onun baktığı gibi bakmak istiyorum çevreme. Ama yapamıyorum.

Bense, dedim, gene esrarengiz şeyler düşünmeye başlamıştım.

Sen hep çok dolambaçlı hale getiriyorsun her şeyi, dedi.

Taş devri gibi, tunç devri gibi, insanların bir de gül devri geçirdiklerini düşünüyorum. Nasılsa o devirden kalma birtakım adamlar yaşıyor yeryüzünde.. kimbilir belki ayrı bir kolonileri vardır hâlâ bir yerlerde, orada bu çiçekleri yetiştirip dünyanın her yerine ihraç ediyorlar.. şehirlerin dışında, şehirleri hiç görmemiş birtakım adamlardır bunlar.. buna benzer şeyler geçiyor aklımdan.

İçtenlikle ve deminden beri ilk kez sesli olarak güldü.

Genellikle çingeneler yetiştirir çiçekleri, dedi, dünyanın her tarafında hep böyledir.

O zaman ben de gülmeye başladım.

Sitare hâlâ kolumdan ayrılmamıştı. Onunla böyle dolaşmaktan hoşlanıyorum. Onunla olunca kuruntularım dağılıyor, gerçekçi oluyorum. Ama ondan ayrılır ayrılmaz konuşmalarına bin bir çeşit anlam vermeye başlıyorum gene. Başım dönüyor. Nefret ediyorum. Hemen ilk fırsatta bütün düşündüklerini, gizli niyetlerini yüzüne çarpmak istiyorum. Uykularım kaçıyor. Ne ki, her seferinde gene yatışmış olarak buluyorum kendimi onun yanında, yalnız onun yanında; ayrılınca gene aynı hafakanlar başlıyor.

Caddenin hemen kenarındaki parka giriyoruz. Bir banka oturuyoruz. Bizden başka kimseler de var. Hepsi gezgin. Çimler ve küt, bodur ağaçlar. Renkli ışıklar loş bir aydınlık veriyor. Binaların tepesinde hareketli reklâm ışıkları göğü kapatıyor. Önümüzden üçer sıra halinde otomobiller akıyor. Otellerin park yerleri silme otomobille dolu. Demek, sandığım kadar yalnız değil insanlar. Herkes birbiriyle konuşuyor. Lütfen diyorlar, özür diliyorlar, birbirlerine bu küçücük kelimelerle ilmikler atıyorlar. Bu küçük küçük ilmiklerle yekpare bir dantelâ oluşturuyorlar. O zaman aradaki boşlukların gerekliliğini de anlıyorsun. Her şeyin gerekli olduğunu ve gerektiği kadar olduğunu. Yalnız her zaman duyumsayamıyorum bunu. Sitare getiriyor bana bu açıyı. Onunla birlikte olunca böyle bakıyorum. Ne var ki, o her zaman şaşırtıyor beni. Kötümserlikten iyimserliğe geçmeme de engel oluyor. Düz bir hat üzerinde gidemediğimi, sarkaç gibi, bir o yana, bir bu yana kayıp durduğumu anlıyorum. Birden aklıma geliyor:

Bana hiç kızkardeşinden söz etmemiştin, diyorum.

Gülümsüyor Sitare.

Aslında kendin de düşünebilirdin bunu, diyor, bir anamın, bir babamın, kardeşlerimin olduğunu, ama akıl edemiyorsun. Hudayinabit gibi bakıyorsun bana. Dünyaya beni leylek getirip bırakmış gibi..

Sahiden de öyle, diyorum şaşırarak.

Çünkü, diyor, kıskanıyorsun beni.

Doğru, diyorum.

Ama, diyor, kıskançlığın da iki türlü olduğunu biliyor musun? Biri hep vermek ister, öbürüyse almak..

Beni hangi sınıfa koyuyorsun? diyorum.

Bazen birindesin, bazen öbüründesin sen, diyor.

Sen kıskanmıyor musun? diyorum.

Benimki daha başka bir şey, diyor, pek kıskançlık denmez.

Nedir öyleyse?

Ağır bir şey benimki, kaldırabileceğimden daha ağır. Umutsuzluk. Onun için sinirliyim. Dayanıksızım.

Benim bildiğim Sitare'ye yakışmıyor böyle konuşmak.

Hah, diye soluğunu boşaltıyor, sen beni tanıdığını sanıyorsun.

Tanımıyor muyum?

Sanmam.

Seni nasıl tanıyabilirim öyleyse?

Bence bir insanı tanımanın bir tek yolu vardır, onu bitmiş kabul etmek. Onu artık yaşamıyor saymak. İnsan ancak böyle bakınca onu olduğu gibi, tamamlanmış olarak görebilir.

Ama yaşayan birine böyle bakabilmek çok güç değil mi?

Böyle bakmadıkça kimseyi tanıyamazsın, diyor kesinlikle.

Belki bir ölçüde herkese böyle bakabilirim ben, ama sana.. asla.

O zaman beni hiç tanıyamıyacaksın, diyor.

Bilmiyorum, diyorum, emin değilim..

Evet, diyor.

(Bu evet'in ne anlama geldiğini sormaya çekiniyorum.)

O sırada yüzünü birden bana çeviriyor. Bir elini omzumun üstüne bırakıyor. Yüzünde yanıp sönen ışıkları görüyorum, caddeden boşalan gürültüleri görüyorum yüzünde.. sükûnet dolu bir yüz bu. Fakat yanıldığımı biliyorum. Çünkü onu asıl yüzüyle hiçbir zaman görmeyi başaramadım ben. Şimdi de başaramadığımı hissediyorum.

Biliyor musun, diye fısıldıyor, benden çok senin ihtiyacın var..

Sözünü bitirmesini bekliyorum yüzüne dalgın dalgın bakarken. Fakat sözünün arkasını getirmiyor. Yüzüme bakarak susuyor. Sonra birden:

Seni sevdiğimi söylemem hoşuna gidecekse söyleyebilirim, diyor.

Gerçekse hemen söyle, diyorum, hiç durma.

Seni seviyorum, diyor tatlılıkla.

Ama beni rahatlatmadı bu söz, diyorum.

İnanmıyorsun da ondan, diyor, hem kendine inanmıyorsun, hem bana.

Hayır, diyorum, uydurma bir şey yaptığın için inanmıyorum.

Belki bu da var, ama sevebileceğime inanmıyorsun, hele seni sevebileceğime..

Bunu da nerden çıkardın?

Benden çok başkalarıyla dolu senin kafan, diyor, meselâ Zelda'yla, meselâ Yavuz'la.. kendini boyuna onlarla karşılaştırıyorsun. Bu yüzden inanmıyorsun. Yoksa aslında..

Aslında seviyor musun?

Sevmeye yeteneğimin olmadığını bilmiyorsun. Sana mahsus değil, kimseyi sevemem ben.

Saçmalama, diyorum.

Gerçeği söylüyorum, diyor. Kızkardeşim seni sevebilir ama o da tıpkı senin gibi. Bir arada yapmazsınız siz..

Kızkardeşini başka bir konumda konuşalım, diyorum, söz konusu olan sensin şimdi.

Öyle olsun, diyor, ben.. bana gelince.. kimse olduğum gibi görmek istemiyor beni. Nasıl söylesem.. herkes kendi icat ettiği gibi bakıyor bana.

Sitare, diyorum, uyku hapı aldığın doğru mu?

Hah, işte şimdi üstüne bastın. Evet, aldım ama kendimi öldürmek için değil. Uyumak için. Ama herkes kendimi öldürmemi bekliyor benden. Belki bunu da yaparım.. kimseyi haklı çıkarmak için değil, bunu bekleyenlerin düşündüğü nedenler yüzünden de değil. Kendime göre başka dayanaklarım var olduğu için. Biliyor musun, şimdi ölsem çok kimseyi sevindirmiş olurdum. İnan bana.

Numara yapıyorsun, diyorum.

Hayır. Doğru söylüyorum. Fakat herkes numara yaptığımı sanıyor. Elimde olmadan böyle bir izlenim veriyorum demek herkese. Bunun, benim yaradılışım olduğunu anlamıyor kimse. Herkes uydurma bir kişilik taşımaya bayıldığı için beni de öyle sanıyorlar. Bu kadar basit her şey. İnsanların alçaklıkları da bundan ileri geliyor, kimi zaman kendilerini aşmaları da.. Şu Zelda'nın yaptığını duydun mu bilmem. İşte tam alçaklıktır. Hem âdi cinsinden..

Sitare, diyorum hayretle, neden bahsediyorsun?

Sen de onlar gibisin, diyor bana, herkes gibisin.. madem öyle, peki, deli rolü yapacağım hepinize.

Sevgilim, diyecek oldum.

Sevgili falan değilim ben, dedi, şimdi asıl sen numara yapıyorsun. Hepiniz sahtekârsınız.

Sitare!

Demin gelenler kimdi biliyor musun?

Senin sahiden dinlenmeye ihtiyacın var yavrum.

Matrak geçme. Sana bir soru sordum.

Kim olduklarını söylemiştin onların.

Yalan söyledim. Niçin biliyor musun? Çünkü doğru söylenince yüzüne duman üflenmiş kedi gibi oluveriyorsunuz hepiniz.

Bu benzetmeyi işitmiştim bir yerde, dedim şakaya almak isteyerek.

İşte işte.. bak.. kaçıyorsun..

Dilediğin gibi konuş öyleyse, meydan senin.

Çarli'nin oğluyla iki adamıydı onlar.

Doğru söylemiyorsun.

Doğru. Ama o zaman söylesem inanmazdın. Ne istiyorlar bil bakalım? Fabrikadan vazgeçmemi. Vazgeçmezsem beni öldüreceklermiş.

İnanmıyorum.

Hep yalana inanmaya alışmış olanlar doğruya inanmakta güçlük çeker. Deminden beri yaptığımız gevezeliklerin içinde tek doğru olan şey bu. Buna da inanmıyorsun. Korkma, senden yardım falan isteyecek değilim. Kimsenin beni korumasına ihtiyacım yok.

Ne zaman uydurduğunu, ne zaman doğruyu söylediğini anlamak gerçekten zor, dedim.

Belki de benden yaşlıdır bu oğul, dedi, o da anası gibi Çarli'yi ayarttığımı sanıyor. Öyle ya, yaşlı bir adam, bunca yıl evlilikten, boyunca çoluk çocuğa karıştıktan, başarılı bir iş kurduktan sonra, durup dururken niçin boşansın? Kızı yerinde biriyle evlenmeye kalkışsın. Durumu benim açımdan gören yok. Her zaman olduğu gibi.. oysa, o koca adam, nasıl biliyor musun, ayaklarıma kapanıp ağlıyordu. Sonra sandıkları gibi işi de iyi gitmiyordu. Onu ben kurtardım. İflastan ve ölümden.. ama kimse inanmaz buna. Hani bazı filmlerde olur, adam masumdur ama bunu yalnız seyirci bilir, asıl bilmesi gereken bilmez.. bütün hayatım boyunca böyle bir durumda yaşadım ben. Ama yağma yok, kendimi savunacağım. Savunmanın da türlü çeşitli yolları var tabiî..

Çarli'nin oğlu hangisiydi? dedim.

Çarli'ye benzeyeni, dedi, müstakbel katillerimle tanıştırdı beni.

Ama mahcup bir halleri vardı, dedim.

Sen de tıpkı elinden bir iş fırsatı kaçıracak müteahhit gibi oturuyordun, dedi.

Ne yapmak niyetindesin? diye sordum.

Henüz bilmiyorum, dedi, ama kuru gürültüye pabuç bırakacak değilim. Şimdi ben sana bir şey sorayım, beni deli sanıyor musunuz, sanmıyor musunuz? Yalnız sen değil tabiî.. hepiniz? Ha..

Ciddi konuşmuyorsun artık, dedim.

Yani deli sayıyorsun beni.. sayıklıyorum falan.. öyle mi?

Yemeğe çıkalım mı? dedim.

Çıkacağız tabiî, dedi, ama laf karıştırma şimdi. Birazdan dostlarımızla bir arada olacağız. Birlikte yemek yiyeceğiz. Ne hoş.. delilik neymiş göreceksiniz.

Sahiden delisin sen, dedim.

Birden gülmeye başladı. Tuhaf bir gülme krizine yakalandı. Parktakiler bize bakıyordu. Gömleğimden tutmuş beni sarsıyordu. Şaşkınlıktan ne yapacağımı bilemiyordum. O ışıklar, yüzünde, göz bebeklerinde oynaşıyordu. Bileğini tuttum. Daha fazla sarsmasını önlemek istedim. Yüzüne vurabilirdim. Ama çok sürmedi. Duruldu. Bu kez boynuma sarıldı.

Affet, diye inledi, sonra da tıkanık bir hıçkırıkla ağlamaya başladı.

Zararı yok yavrum, dedim, hadi kalkalım artık.

Elinden tutup kaldırdım.

Parkı geçtik.

Yeniden caddenin kalabalığına girdik. Bir süre sessiz sessiz yürüdük.

Dondurma yer misin? diye sordum.

İki külah dondurma aldım. Dondurmalarımızı yalayarak konuşmadan, el ele yürüdük. Şimdi sakindi. Ya da artık öyle görünmeye başlamıştı. Konuşacak hiçbir şey kalmamıştı. Çöl havasının serin yüzü yavaş yavaş ortaya çıkmaya başlıyordu. Hafif bir rüzgâr vardı. Başımızın üstünden reklâmların ışığı gelip geçiyor, sönüp yanıyordu. Daha uzaklardan jetlerin gürültüsü uğulduyordu. Durmak dinlenmek bilmeyen bir otomobil seli akıyordu. Gezginler, aç gözlülükle hâlâ açık olan mağazalara saldırıyorlar, her yeri talan edip geçiyorlardı. Neşeli, kaygısız, tatil okunan yüzleriyle her tarafı doldurmuşlardı. Orta yaşlı bir karı koca bizi durdurup Sezar Otelinin yerini sordu. Onlara oteli tarif ettim. Anlamadılar. Bir kez daha anlattım. Erkek teşekkür etti, kadın iyi geceler diledi, gülümseyerek gösterdiğim yöne doğru kayboldular. Çok içten bir gülümsemeleri vardı. Temiz hava almışım gibi rahatladım. Rahatlıyordum. Bir trafik ışığında bekledik. Yeşil yanınca yürüdük. Karşıya geçerken Sitare kemerimi tuttu. Ben de elimi onun omzuna koydum. Herkese uyarak biz de adımlarımızı sıklaştırmıştık geçerken, karşıya geçince de nedense aynı hızla yürümeyi sürdürdük. Yeni bir trafik ışığına gelince "dönelim" dedim. Geldiğimiz yöne doğru yürümeye başladık bu kez. Sitare konuşmuyordu. Yandan yüzüne baktım. Evet, artık sakinleşmiş görünüyordu.

Geçti mi? diye sordum.

Yürümesini yavaşlattı.

Geçiyor, dedi, dondurma iyiymiş, teşekkür.

Şimdi büsbütün durmuştu. Durdu, yüzüme baktı.

Artık daha bilinçli bir çılgınlık yapabilirim, dedi.

*

Artık erken uyumuyorlardı bu şehirde de. En azından erken uyumayanlar da göze batacak kadar çoğalmıştı. Bir zamanlar, yatsı namazından sonra, yalnız camilerden dağılan cemaatin kalabalığına rastlardınız. Ama bu kalabalığın dağılması uzun sürmezdi. Ve bu kalabalık bütün şehri kaplamazdı: zaten en yakın camilere gelmiş insanlar, hemen evlerinin dibindeki ya da birkaç ev, bilemedin bir sokak ilerdeki camiden hemen evine döner, sabah ezanını işitebilme, ezanla beraber uyanabilme hevesiyle hemen uyurdu. Eğer evlerine gitmeyi geciktirmiş birkaç kişi varsa, bunlar da sokaklarda dolaşmazdı, ya bir kahvede veya yaz günleriyse caminin serin avlusunda –ki bu avlularda genellikle 'şadırvan havuzu' vardı ve suları gürül gürül akardı– otururlar, bir süre şundan bundan konuşurlar, daha çok Sahabilerle, evliyalarla ilgili menkıbeler anlatırlar, insanoğlunun bir daha ulaşamayacağı o görkemli günleri anarlar, içlerini derin, hoşa giden, merhametli bir hüzünle doldururlar, öylece duydukları hüznün ortaya çıkardığı incelmiş duyarlıklarıyla sessiz sedasız evlerine çekilirlerdi. Sokaklarda dolaşmak ayıptı. Hiç kimse, belli bir işi olmadıkça, belli bir sokaktan geçmezdi. Eğer bir kimse, herhangi bir şekilde, kendine ait olmayan bir sokaktan geçiyorsa, bu, muhakkak yadırganacak, olağanüstü bir olay sayılırdı. Eğer orada bir tanıdıkla karşılaşılırsa, o soru kaçınılmaz olarak sorulurdu: "Hayrola?" Bu sorunun gerektirdiği cevap verilebilmeliydi. Bu sorunun cevabını vermeye hazırlıklı olmayan bir insan, oradan geçmezdi. Bu sorunun cevabıysa daima tehlikeli, olağanüstü, beklenmedik bir haberi aktarırdı.

Fakat şimdi herkes, her yerde görülebilmektedir. Yadırganacak bir durum olmaktan çıkmıştır bu. Herhangi birini en beklenmedik bir yerde görmeniz mümkündür. Çünkü herkesin, herhangi bir yerde, herhangi bir sebeple ya da hiç sebepsiz olarak görünebilmesi kimseyi şaşırtmamaktadır. Şehrin "ahlâkı" değişmiştir.

İkişer, üçer kişilik kümeler halinde caddede gelip geçiyorlardı. Dondurmacılar, yeni yeni açılmaya başlayan pastaneler geç vakitlere kadar açıktı. Girip dondurma yiyorlar, daha gençler külahlara koydurup yalaya yalaya Batıpark yönüne doğru yürüyorlardı. Bir kısmıysa, Çarşıbaşı'nın bomboş caddesini geçerek Şahadile, ordan da Antep yoluna doğru yürüyordu. Fakat o tarafa gidenler, genellikle taksiye binmeyi tercih ediyordu. Taksiye binenlerde biraz başkalarına görünmeme endişesi varsa, daha çok da hovardalığın tadını çıkarma güdüsü gizliydi. Herkesin, herhangi bir yerde bulunması için elinde hemen icat ediliverecek sayısız bahaneleri vardı. Şehir hızla büyümeye başladığından, herkesin uzak bir mahallede bir akrabası, bir işi çıkıveriyordu!

Evlerine çekilmiş olanlar, asma dallarıyla örtülmüş olan çardaklarında yakın komşularıyla, akrabalarıyla oturuyorlar, geçen kışın sıkıntılarından, önümüzdeki yazın beklentilerinden konuşuyorlardı. Havalar, akşamdan sonra serinlemişti. İyiydi bu. Geçen yıla göre çok iyiydi. Eğer bütün mevsim böyle geçecek olursa, tadına doyum olmayacaktı. Bu yıl bağa daha erken çıkmalıydılar. Geç kalmanın, şehirde lüzumsuz yere biraz daha oyalanmanın hiçbir yararı yoktu. Evet, en iyisi erken gidip geç dönmekti. Üstelik bağları şehre yakın olanlar için, geç kalmak iyice anlamsızdı. Bağdan döndükten sonra da düğün yapılmalıydı. Zaten buna da oldukça geç kalınmıştı. Oğlan askerliğini bitirmişti. İyi kötü bir işi, bir zanaatı vardı elinde. Sonra bu yıl biraz çeltik de düşünülebilirdi. Su durumu bıldırki gibi değildi. Kış karlı geçmişti. Allah dilerse iyi olurdu. Mahmut Efendi bile bu yılki ürüne ilk kez "kulak asma" dememiş, "Allaha şükür" demişti. Denenmeye değerdi.

Çardaklarda karartılar görünür, tahta kapılar gıcırdayarak açılıp kapanır, vakit daha çok geçmeden evlerine dağılırlardı. Caddeden geçmemeye, kim olduklarını belli etmemeye dikkat ederek, ara sokaklardan, damların gölgesi altından yürürlerdi. Erkekler, kadınlardan onbeş yirmi adım ya önde gider, ya onların arkasında kalırdı. Kadınlarını hem böylece korumuş olurlar, hem onlarla bir arada görünmenin sıkıntısını bertaraf etmiş olurlardı. Çünkü bir erkek için, kadınıyla birlikte yola çıkmış olmak kınanmasa da, erkek bakımından nedense hoşa gidecek bir şey de sayılmazdı.

Yeni yeni dikilmeye başlayan apartmanların yanında, eski, bahçeli, ahşap evler gene de çoğunluktaydı. Henüz iskelet halinde bulunan bu yeni yapıların, eski evlere tepeden bakan boş gururlarına rağmen, eski, bahçeli evler soyluluklarından bir şey yitirmemişti daha. Apartmanların mağrur duruşlarına karşı bunlarda gizli bir istihza seziliyordu. Bu evlerin bahçelerinden yayılan ağır, baygın reyhan ve hanımeli kokuları uzaklardan başlıyor, sonra birden bire çoğalıyor, sonra yavaş yavaş kaybolsalar bile uzunca bir süre etkileri insanlarla birlikte oraya buraya dağılıyordu. Sonra ana cadde üzerindeki akasyaların kokusuyla karışıyordu. Yerlerde, ezilmiş bataklık çiçeklerine rastlanıyordu; sümbüller ve nergisler yani..

Bütün bunlara rağmen, belli bir nümayiş havası yoktu hiçbir şeyde: ne çiçek kokularında, ne insanların davranışlarında. Gül kokularını bastıran çimento harcının kokusu yavaş yavaş siniyordu. Dondurmacılar, hâlâ o eski gazelleri çalıyordu gramofonlarında. O eski, alışılmış, geleneksel sesler haz veriyordu insanlara. Sarhoşların duyarlığı bu seslerle yükseliyor, doruk noktasına çıkıyordu. Bir de henüz koku alabiliyorlarsa o reyhan kokuları.. bu seslerle o kokular arasında garip, gizli bir bağdaşma, uyuşma vardı. Hissediyorlardı bunu.

Ne ki, bu seslerle bu kokuların yavaş yavaş ortadan çekilmekte olduğunu, çekildiğini, başka kokuların, başka seslerin yerleştiğini en dikkatli olanlar bile başlangıçta ayırt edememişti. Gül yerine anason, ut yerine piyano.. bir arada sürüyorlardı. Birine alışılmıştı, ötekine alışılıyordu.

Geceleyin dolaşanlar, kafalarında eski günlere ait anısı olmayan, tüyleri yeni bitmeye başlamış, mayıs güneşiyle kanı kaynayan, dur durak bilmeyen genç adamlardı. Ağzı kalabalık, gürültücü, ev kaçkını, henüz gerçek acıyı tatmamış, acı ve zorluk nedir henüz bilmeyen genç adamlar.. aya bakıp ulumaya başlayan köpek sesinden, bir camın ardında görülebilen bir kızın yüzünün karartısından, yağmur sonrasında beliren toprak kokusundan, bir serçenin uçmasından hüzünleniveren, âşık olduğunu sanan, öyle sandığı içinde âşık oluveren, baba parasıyla geçinen ya da alın terini heder etmeye hazır genç adamlar. Kaldırımdan kaldırıma bağırarak konuşurlar. Kimseyi rahatsız etmek düşüncesiyle değil, fakat kendini gösterebilmek, varlıklarını kanıtlayabilmek için, durulma vakitlerini bekleyerek, nasıl bir çılgınlık yapabileceklerini bilmeden, çünkü büyük çılgınlıklara izin vermeyen o dar alanın içinde dolanıp durduklarını fark etmeden, hiç olmazsa serazat yaşayabildiğine kendini inandırmak için geceleri cadde boyu dolaşan genç adamlar...

Eskiden olup bitmiş şeyler hakkında onların da kulağına gelen haberler vardır. Ama bunun üstünde düşünmezler bile. Bunun düşünülmeye değer bir olay olduğu akıllarına bile gelmez. Yakınlarıyla ilgili bir olaysa, oralı değilmiş gibi içten içe kulak kabartırlar. Ama uzun uzadıya değil. Bir an için, geçici bir an için, hepsi o kadardır.

Ne yağmur vardı, ne ay. Gökyüzü dupduru, derin, karanlık, uzanıp gidiyordu. Yıldızlar. Toprak damlar ve çinko çatılar. Korkunç bir durulukla yeryüzünün bir parçasına serilmişler, bir savaşta yenilmişler, o yenilginin ezikliğiyle boynu bükük olarak yatıp kalmışlar, afyonlanmışlardı. Hiçbir kıpırtı yoktu. Pavyonların sesi kesilmişti. Evcil olanlar çoktan uykularına varmışlardı. Pınarbaşı'nın koruluğundan ürkütücü güzellikte bir uğultu yavaş yavaş dağılıyor, göğe doğru uzanıyordu.

İki arkadaş ara sokaklarda yan yana yürüyordu.

Kunduraları taşlara çarptıkça tok sesler çıkarıyor, kerpiç duvarlara çarparak yankılanıyordu.

Hızlı hızlı yürüyorlardı. Konuşmuyorlardı. Bir bahçe çitinin yanından geçtiler. Bir sokak lambasının donuk aydınlığında kısa bir süre görünüp kayboldular, tekrar karanlığa karıştılar. Yürüyorlardı. Her biri kafasında ayrı düşünceler, düşünceden çok duygular, duygudan çok durumlar, durumdan çok bir boşluğun yoğunluğunu taşıyarak.

Biri söyledi:

Şimdi n'olacak biliyor musun? Canın ne çeker?.

Ne? dedi öteki.

Ne mi? Bil bakalım.. ulan sen tam kerestesin be..

Söylesene oğlum, diye üsteledi öteki.

Tuh Allah kahretsin seni.. şu yıldızlara bak be.. yıldızın yakışığı nedir bilsene.

Mehtap, dedi öteki.

Nasıl mehtap ama?

Anasının dini, dedi öbürü.

Mehtap var, mehtapçık var, dedi beriki, bu mehtap başka mehtap.. yavrum benim.

Kafayı buldun herhalde sen, dedi öteki.

Ne kafası be, kafa mı kalır adamda?

Yürümesini yavaşlattı.

Mehtap diyorsun değil mi? Mehtap deyince aklına ne geliyor?

Dinle öyleyse.. mehtap deyince..

Şiir mi okuyacaksın yoksa?

Kızıl renge bulanmış akşamlar.. yakutlar falan.. kimindi bu?

Geç be yeğenim, dedi ilki, maval bunlar.. bana içimin mehtabından haber ver.

Haa, anladım, dedi beriki, şu karıyı diyorsun.

Ne sandın ya? Onun adı da Mehtap biliyor muydun?

Yuf be, bilmeyen mi var?

Şimdi burda olacak ki..

Farz et ki burda.

Farz mı edeyim.. nasıl farz ederim ulan?

Buna mı dellendin?

Hem de nasıl?

Ulan bütün şehir bu karıya âşık be, vay anasını.

Sen ya halis kerestesin, ya da akıl baliğ olmamışsın yavrum, dedi ilki.

Orospuya âşık olanın, diye bir küfür savurdu öteki.

Karıdan ne anlarsın sen be.. ulan o vücut, o göz.. adamın dünyası yıkılıyor da altında kalıyorsun.

Senin yerinde olsam o şiiri ezberlerdim ben.

Mektepçilik mi oynayacağız karıyla?

Ulan karı böyle tavlanır, ilkin şiir okuyacaksın. Seni bir adam belleyecek..

Sonra da kahvaltını yaptırıp tıpış tıpış mektebe gönderecek. Hastir ordan.

Eh, demedi deme, görüşürüz.

Sen karşılaşırsan öyle yap, dedi ilki, istersen İzmir marşını oku, belki daha heyecana gelir. Duygulu oğlanmış diye takdir eder seni.

Birden durdu. Arkadaşının da kolundan tutup durdurdu.

Duyuyor musun? dedi.

Neyi?

Gül kokusu.

Etrafı kokladı.

Kokla, bak.

Ne var bunda?

O adamın gülleri bunlar.

Hangi adamın?

Hiç işitmedin mi?

Hayır.

Ulan ölü müsün, nesin? Bütün şehirde duymayan mı kaldı bu adamın güllerini?

Ben duymadım, dedi öteki.

Sen.. neyse söyletme beni. Kokuyu alıyor musun?

Evet, güzel.

Güzel de lâf mı? Dünyanın medar-ı iftiharı, dünyanın tek gül yetiştiricisi adam bizim şehrimizde yaşıyor da haberin yok, be..

Arkadaşına baktı.

Biraz oturalım burada, dedi.

Ciddi mi diyorsun?

Tabiî.

Yarınki sınavı unuttun herhalde?

Şimdi sırası mı be? Otur, çök şuraya.. bu gülleri ben ne zamandan beri işitirdim ama nasip şimdiymiş.. geç olmasa kapıyı çalıp isterdim. İsteyene veriyormuş. Ne akıllı diyorlar, ne deli, akıllı deli dedikleri cinsten olacak. Otur.. boşver.

Kendisi bir çalının dibine çöktü. Öbürü ayakta duruyordu. Tepeden tırnağa süzdü onu.

Peki peki, dedi, git dersine çalış sen. Uslu çocuklar derslerine çalışır.. hadi yavrum, yaylan, ben yalnız kalacağım. Gül koklayacağım. Yarın hocaya da öyle söylerim, gül kokladım derim.

Öteki ses etmedi.

Sen bilirsin, dedi yalnızca.

Arkasına dönmeden aceleyle yürüyüp gitti.

Genç adam bir süre çömelmiş kaldı orda. Sonra ıslak çimenlerin üstüne sırt üstü uzandı.

Yıldızlar görünüyordu. Gözünü kırpmadan yıldızları seyre daldı. Bir süre sonra sırtının ıslandığını hissetti, doğruldu. Cebinden bir sigara çıkardı. Kibritle yaktı. Kibrit "cazz" diye bir ses çıkardı, bu ses böceklerin sesine karıştı. Sigarasının ateşi, çalıların dibinde, zifiri karanlıkta bir ateş böceği gibi zaman zaman yanıp sönüyordu. Genç adam, hülyalara dalmış kalmıştı.

*

Salonun alabileceğinden daha çok kalabalık vardı içerde. Sekiz on basamak merdivenle iniliyordu buraya. Daha kapıdan girer girmez ekşi bir rutubet kokusu, bodrumlara özgü koku buranın da başka yerlerden farklı olmadığını, toprağın altındaki her yerde olduğu gibi, aynı havayı taşıdığını, aynı insan kokusunu besleyip yaydığını duyumsatıyor size. Lavantalarla, boyalarla örtülmeye, gizlenmeye çalışılmış olsa da insanın kendine özgü kokusu yitmiyor, değişik kokular arasında, değişik sesler arasında, küçücük bir dikkat gizlenmeye çalışılan o kokuyu alıyor. Daha merdivenin başındayken hissediyorsunuz bunu. Merdivenin başından, salona açılan kapıya varıncaya kadar aydınlık daha çok. İçersinin loş karanlığına bir alıştırma, gözler için bir idman.. Çöl havası, sade, kuru, esintisiz, soğuk hava dışarda kalmıştır. Ama o yanıp sönen ışıklardan burada da kurtulmak mümkün değil. Belki daha rahatsız edici olarak. Çünkü dışardakiler, her şeye rağmen sizin dışınızdadır. Bir çeşit doğa olayı gibi. İsteseniz de, istemeseniz de, sürüp gidecek ve kendini size kabul ettirecektir. Buradakiniyse siz seçiyorsunuz bu yüzden kızmaya hakkınız olmadığını biliyorsunuz. İstemeseniz bırakıp gidebilirsiniz her an.

Masaları birbirine iyice yaklaştırmışlardı. Orkestranın bulunduğu set yüzlerce küçücük renkli ampullerle aydınlatılmıştı. Buna rağmen aydınlık istenen ölçüdeydi. Özellikle gençler daha fazlasını istemiyordu. Ortadaki küçük pistte adım atacak yer yoktu. Herkes bir an önce çıkıp gitmek istiyor ama Sitare kimseyi bırakmıyordu. "Bu gece bendensiniz çocuklar, diyordu, öteki geceler olduğu gibi, her gece olduğu gibi." Sonra Zelda'yı gösteriyor, "Ayrıca bu gece bir konuğumuzun olduğunu da unutmayalım" diyordu. "Beni konuk sayarsanız gücenirim" diye karşı koyuyordu Zelda. "Benim için gelmedin mi canım?" diyordu Sitare "söylesene." Zelda "Sitare" diyen sesine öyle bir ton veriyor ki, bu ses sitem etmenin bütün anlamlarını içeriyordu.

"Ama şekerim ben olmasam gelir miydin, söylesene? Kaç kez geldin buraya, ha?"

Garson kızlar masaların arasında şaşılası bir dikkatle süzülüyordu, kimseye çarpmadan, kimseden özür dilemek zorunda kalmadan. Yüzlerinde mesleğe özgü gülümsemelerini hiç boşlamıyorlar, gittikleri yere bu gülümsemeleri de sürüklüyorlar. Herkesin işini kolaylaştırıyorlar. Masalar birbirine öyle yakın, öyle sıkışık ki, ilk bakışta kimin hangi masada oturduğunu bile ayırt etmek güç. Sitare'yle yan yana oturuyoruz. Işıklar, göz karartacak kadar çabuk değişiyor. Sitare zaman zaman başını omzuma dayıyor, uykusu gelmiş gibi gözlerini yumuyordu. O zaman kulağına eğiliyor, "Geç olmadı mı?" diye soruyordum. "Geç mi?" diye sesleniyordu sayıklayan bir sesle "Geç mi?" "Evet" diyordum. "Sabah olunca, bana sorduğun bu soruyu hatırla hayatım" diyordu. Sonra gözlerini açıyor, yüzüme bakıyor, "Hatırlıyacak mısın?" diyordu, "geç demenin ne olduğunu?" Sanırım sayıklıyordu. "Geç demek, çaresizlik demektir. Yani artık yapacağı bir şeyin kalmadığına inanmak demek. Oysa biz daha yeni başlıyoruz. İşin başındayız daha, öyle değil mi?" Sonra Zelda'ya dönüyor, "Öyle değil mi?" diye tekrarlıyor. Zelda gülümsüyor. "Sen hak ver bana Tansel, diyor, tatilde olan biri için zamanın ne önemi olabilir?" Tansel bana bakarak konuşuyor: "Gerçekten tatilde olanlar için öyle, diyor, bir de zamanını tatilde bile olsa bir iş adamı gibi ayarlayabilenler olabilir." "Aslına bakılırsa hepimizin canı sıkılıyor, diyor Sitare, sıkıntıyı gidermek için bir şeyler icat etmeliyiz, en iyisi gerçeklerden konuşmalıyız." Durup hemen hemen tek tek her birimizi süzüyor. "Tabiî dayanabildiğimiz ölçüde. Sanıldığı kadar kimse dayanıklı değildir gerçekler karşısında. Hem kimileri hiç.. değil mi şekerim?" Bu son sözlerini Zelda'ya bakarak söylüyor. Zelda duymamış gibi orkestranın bulunduğu yana bakıyor. Konuşmak için kendini zorlamasına rağmen o bitkinlik, umutsuzluk okunuyordu Sitare'nin yüzünde. Pek çok defalar yakaladığım o garip, korkutucu anlam.. Herkesin aynı fizik sıkıntıyı paylaştığını, burada, bu uyduruk, yapma topluluk içinde bulunmak, oyunbozanlık etmemek için kendimizi zorladığımızı biliyordum. Kim söylemişti onu, başkaları sıkıntıdır diye.. ya da daha korkunç bir şey.. aslında kimse gerçek düşüncelerini yaşamıyor, içinde bulunduğu bir hali sürdürmek ya da o halden kaçmak, çekip gitmek için can atıyor, ama başkalarıyla olunca istediği şeyleri öyle kolay kolay yapamayacağını görüyor. İşte düpedüz bir sıkıntı sebebi. Düşünce değil böyle yerlerde yoğunlaşan, insanın bütün zihin birikiminin boşluğu öylesine saldırıyor ki, kaçacak bir yer bulamıyorsun, ezilip kalıyorsun. "Sonuna kadar dayanacağız" diyor Sitare. "Ya da açık açık pes diyeceğiz." Aslında bu salon için bir tanesi bile fazla gelecek iki muazzam ses verme aygıtı koymuşlardı. Bir ara dışarıya çıkmak için kalktım. Zelda salonun çıkışında beni yakaladı. "Zorla götür onu, dedi, kendinde değil." "Gitmez, dedim, hele zorla hiç." "Ama iyi değil" dedi Zelda, "görmüyor musun? Sonra yarın yola çıkacak." "Kendisi de biliyor yola çıkacağını, dedim, ama kalmak istiyor, ne yapabilirim?" "Aklından geçirdiklerini bilmek isterdim" dedi Zelda. "Kimin? Sitare'nin mi?" "Evet", dedi. "Ne geçirebilir ki?" "Şeytanın ta kendisidir o." "Kimsenin arkasından konuşmak istemem" dedim. "Boşuna beklemiyor o, göreceksin bir rezalet çıkaracak." "Kuruntu yapma" dedim. "Kuruntu mu? Göreceksin.. bir şey tavsiye edeyim mi sana, ondan biraz uzak durman iyi olur." "Niye?" dedim hayretle. "Sitare isterik bir kadın, dedi Zelda, hasta.. başın derde girsin istemem." "Kusura bakma ama saçma" dedim. "Dostça bir uyarma benimki, dedi, ötesi seni ilgilendirir."

Döndüğümde orkestra gürültülü bir parça çalıyordu. Salon âdeta zıngır zıngır titriyordu. Sitare Yavuz'a doğru yönelerek: "Niye dans etmiyorsun?" diye sordu. Yavuz Sitare'ye doğru kalktı. "Yo, yoo benimle değil, şu cici kızla" dedi Sitare, Zeldanın kuzenini göstererek. Kız memnunlukla kalktı, birlikte pistin kalabalığına karıştılar, Sitare arkalarından baktı.

Çuha kırmızısından çivit mavisine kadar bütün koyu renkleri deneyen elektrik ışıkları, gölgelerin arasında birbirine karışmış çevik, hünerli ayaklar.. birbirine değmeden, birbirine dolaşmadan, kendilerine ustaca yollar açarak.. garson kızların arkasında kendilerine gösterilen masalara doğru yürüyenler, salonun dışında sıra bekleyenler.. orkestra zaman zaman çaldığı parçayı değiştiriyor ama sanırım bunu yalnızca ortada dans edenler fark ediyor, kısa bir susma, sonra çığlık çığlığa boşanan bir ses.. orta yerde oraya buraya kıpırdayıp duran insanlar.. koyu ışıkların altında bile belli olan aşırı makyajlar, masklar, çilli yüzler, sivilceli olanlar.. gözler.. birbirini araştıran.. iri, farları mübalâğalı.. orda burda durup durup patlak veren kahkahalar.. garsonların şaşılası bir ustalıkla kimseye değmeden, bel kırarak ordan oraya seğirtmeleri.. ellerinde fişler.. çekler.. gidip gelerek.. özenli elbiseler.. derbeder bir görünüş vermek için özenilmiş olanlar.. insanlar..

Zelda, diye sesleniyor Sitare. Sesi orkestranın gürültüsüne, boğuk kahkahaların arasına karışıyor.

Zelda, diye tekrarlıyor o, sesine dostça görünen bir vurgu katarak.

Zelda işitebilmek için başını masanın ortasına doğru uzatıyor.

Hayatım, diyor Sitare, sonra bize dönerek: Siz de dinleyin çocuklar, diyor. Sesi çok yumuşak, duyulur duyulmaz bir titreşim içinde. Gözlerini Zelda'dan ayırmıyor:

Bu yumurcağı Yavuz'u kapmak için getirdin buraya, değil mi hayatım?

Tansel gözlerinin altından bana bakıyor.

Zelda gerçekten anlamamışça:

Anlamadım, diyor.

Anlıyorsun hayatım, diyor Sitare.

İşitmedim, diyor Zelda.

Bu yumurcağı, diyor Sitare biraz daha yüksek sesle, Yavuz için diyorum.. benden kapmak için onu.. değil mi?..

Zelda da bana bakıyor:

Galiba vakit geldi, diyor.

Daha gürültüsüz bir yerde konuşabilirdik, diyor Sitare, ama burası da hoş.. tam bizim konuşacaklarımıza göre bir yer..

Sitare, diyorum, kalkmak istemez misin?

Daha yeni başlıyoruz, diyor Sitare, hepiniz bunu beklemiyor muydunuz? Benim konuşmamı.. ne dersin Zelda?

Özür dilerim, diyor Zelda, konuşmaktan çok eğlenecek bir yerdeyiz sanırım.

Benim sözlerim de eğlendirebilir seni canım.. dinlemek istemiyor musun?

Zelda, Sitare'nin başının üstünden öteye bakıyor.

Sitare:

Hadi itiraf et hayatım, diyor, bunun için gelmedin mi buraya?

Zelda gözlerini ona çeviriyor:

Özür dilerim, diyor tekrar, neden bahsettiğini anlamıyorum.

Ciddi değilsin, diyor Sitare.

Senin Yavuz'la ne ilişkin olabilir? Evlisin sen, diyor Zelda, bunu mu söylememi istiyorsun?

Gördünüz mü çocuklar, diyor Sitare utkulu bir bakışla, her zaman söylemez miyim ben Zelda'nın açık kalpliliğini?

Gitmemi mi istiyorsun? diye soruyor Zelda.

O kadar kolay mı, diyor Sitare, bir yere kalkamazsın, anca beraber kanca beraber..

Tansel:

Sitare, diye yalvarıyor.

Elbet, diyor Sitare, elbet evliyim, ama sen öyle görmüyorsun.. öyle görsen Yavuz'u kapmaya kalkar mıydın?

Sen sarhoşsun şekerim, diyor Zelda.

Sitare gülümsüyor, küçük bir kahkaha atıyor:

Diyecek başka bir şey bulamadın mı, diyor.

Sonra daha değişik bir tonla:

Biliyor musun Zelda, elinden gelse Çarli'yi bile almak isterdin benden, hadi hadi saklama..

Zelda tuhaf biçimde ciddileşen bir sesle:

Farz et ki senin olan her şeyi almak istiyorum, ama Yavuz'un senin olduğunu nerden çıkarıyorsun?

Bu bir görüş meselesi şekerim.. bunu sahiden böyle düşünsen arkamdan kalkıp buralara gelir miydin hiç?

Sitare, diye uyarıyor Zelda.

Bir şey diyeyim mi sana, diyor Sitare, inanır mısın şimdiki kadar aklımın başımda olduğu çok az zaman yaşadım ben.

Rezalet çıkarmak istiyorsun sen, diyor Zelda, önlemiyecek misiniz bunu? diyerek her birimizin yüzüne bakıyor: Lütfen...

Bütün hayatın boyunca benim bir rezalet çıkarmamı beklemedin mi? diyor Sitare Zelda'ya, saklama, açık söyle..

Orijinal görünmek istiyorsun ama.. beceremiyorsun canım, diyor Zelda.

Tuhaf yaklaşımların var, diyor Sitare.

Lütfen, diye söze karışıyorum, kapatsak bu konuşmayı..

Ben kalkıyorum, diyor Zelda.

Ama bu sözünü yerine getirmiyor. Tersine, sinirli bir hareketle sigarasını yakıyor. Ellerinin titrediğini görüyorum.

Sesler birden kesiliyor. Hareketler birden durgunlaşıyor sanki. Yavaş çekilmiş bir filmdeki gibi, bütün davranışlar eksiksiz ve yerli yerinde ama birden yavaşlıyor her şey. Orkestranın susan sesinin arkasındaki o bir anlık sessizlikten sonra, onunla birlikte, sanki bir an için susmuş gibi olan insan sesleri, o ilk şaşkınlıktan sonra cıvıldayan bir uğultu halinde yükseliyor. Pistte birikmiş kalabalık bu kez sessizliğin temposuna uyarak dağılıyor, ayakları birbirine karışmadan, birbirine dolaşmadan. Yavuz, kızın oturması için iskemleyi çekiyor, kız oturuyor, Yavuz da onun yanındaki yerine oturuyor. İkisi de terlemiş, gizli derinliklerden gelen soluyuşlarıyla göğüsleri ağır ağır kullanılan körükler gibi inip kalkıyor. Zelda sigarasının külünü silkeliyor. Kuzenine bakıyor:

Marti (aslında Martha ama böyle telaffuz ediyor), dinlendinse kalkalım şekerim.

Ama teyzecim, diye mızmızlanıyor Marti.

Uyuman lâzım canım, biliyorsun, diyor Zelda.

Ah, hiç uyumak istemiyorum, diyor Marti.

Niçin ona çocukmuş gibi davranıyorsun? diye soruyor Sitare.

Tabiî çocuk, diyor Zelda.

Yavuz, diyor Sitare, Marti'nin kalması için ısrar etmiyecek misin?

Yavuz olup biteni anlamamışça şaşkın şaşkın bakınıyor bir an.

Tabiî, diye geveliyor.

Gördün mü, Zelda, hepimiz biraz daha kalmanızı istiyoruz, diyor Sitare.

Lütfen, diyor Marti.

Benim yüzümden gitmenize razı olmam, diyor Sitare üzüntülü bir sesle.

Zelda yüzü buruşmuş, dik dik ona bakıyor.

Neşenizi kaçırdım, özür dilerim, diyor Sitare.

Burda bir şeyler mi oldu? diye soruyor Marti safça.

Önemli değil, diyor Sitare, bir bardak düşürüp kırdım. Zelda ona üzülüyor.

Tuhaf tuhaf gülüyor Marti:

Oo, inanılır gibi değil.

Bulunduğum her yere tatsızlık getiriyorum ben, diyor Sitare, hepinizin canını sıktım.

Tamam artık Sitare, diyorum, şimdi yeniden başlıyoruz.. yeniden başlıyalım..

Hayır, artık kimseye engel olamam, diyor Sitare, herkes dilediğini yapabilir.

Sesi kısık ve umutsuzluk doluydu. Bir an sonra ağlayacakmış gibiydi.

Birden nasıl oldu anlayamadım, iki eliyle omuzuma çöktü, yüzünü koluma bastırdı.

Hayatım boyunca kimseyi aldatmadım ben, diye o kısık, inlemeye benzeyen sesle hıçkırır gibi konuştu.

Omuzlarından tutup sarstım:

Sitare, kendine gel..

Ama herkes, hepiniz, bende olmayan şeyleri bekliyorsunuz benden..

Zelda yardım et bana, diyorum.

Hayatım söylemiştim sana, diyor Zelda, dinlenmeye ihtiyacın var senin.. beraber kalkalım..

Hayır, diye karşı koyuyor Sitare, siz kalın.. ben yalnız gitmek istiyorum.

Kolonya ister misin? diye soruyor Tansel.

Hayır canım.. bir şey istemem.

Birden orkestranın gürültüsü yükseliyor yeniden. Sitare'nin "Yavuz" diye seslenmesini benden başka hiçbiri işitmiyor.

Hadi toparlan artık, diyorum.

İri gövdeli bir adam sandalyeme çarpıyor geçerken.

Sitare'ye n'oldu? diye soruyor Marti.

Sitare ellerini omuzlarımdan çekmeden başını kaldırıyor.

Yavuz, diyor.

Yavuz bir türlü üstünden atamadığı o mahmurlukla bakınıp duruyor.

Beni sevdin mi canım? diyor Sitare.

Yavuz diyecek bir söz bulamadan şaşkın şaşkın bakıyor.

Hepimiz seni seviyoruz Sitare, diyorum.

Sevgi, diyor Sitare, şunu da bitirip kalkayım ben. (Bardağını işaret ediyor gözüyle.)

Temiz ve umutlu olmalı sevgi, diyor, sana gelince canım.. (Yüzünü kaldırıp bana bakıyor.) Beni avutmak için kendini zorlamana gerek yok.

Yanlış anlama beni, diyorum, seni hep sevdim ben.. şimdi her zamankinden de çok..

Bakın çocuklar, diyor Sitare, bana ilân-ı aşk ediyor.

Evet, Sitare, diyorum, seni seviyorum, bunu hiç saklamadım.

Yavuz, diyor Sitare, sen de seviyorsun beni, değil mi?

Yavuz bana bakıyor, sonra Sitare'ye..

Evet, diyor.

Gördünüz mü şimdi? Ne yapacaksınız? Yazı tura mı atacaksınız?

Elini çekiyor omuzumdan.

Ben de sizleri seviyorum, diyor, ama aşk başka.. âşık olsaydım ne yapardım biliyor musunuz?

Sonra Zelda'ya döndü:

İnsanlar aslında birbirini tanımadıkları için severler, dedi, şaşırtıcı değil mi? Tanıdıktan sonra nefret ederler birbirlerinden..

Her zaman değil, dedim.

Bazan da sevmeyle başka şeyleri karıştırırlar, dedi.

Çok güzel konuşuyorsun Sitare, dedi Marti.

Teşekkür ederim canım, aa Marya değil mi şu?

Gerçekten oydu, yanımızdan geçiyordu ama bizi görmemişti.

Marya, diye seslendim.

Dönüp baktı.

Ne sürpriz, dedi, profesörü arıyorum.

Hangi profesörü? dedim.

Sahi tanımıyorsunuz onu, Polonyalı, burda buluşacaktık.

Tanımıyoruz, dedim.

Belki de gelmedi daha, erken.. ben acele davrandım.. Nasılsın Sitare?

Oturmak istemez misin? dedi Sitare.

Hayır, Profesörü bekliyorum, biraz dolaşıp sonra gelirim.

Köpekten ne haber? dedim.

Sorma, çok iyi..

İsim buldun mu?

Hayır, hâlâ bir ismi yok.

Karabaş diyebilirsin, söylemiştim sanırım.

Gece gündüz onu düşünüyorum, dedi, büyük problem.. nasıl çağıracağımı şaşırıyorum onu. Çav... Teşekkür ederim tavsiyene.

Gülümseyerek ayrıldı, bir an sonra kayboldu kalabalıkta.

Bir köpeği mi var? dedi Sitare.

Evet, dedim, benim adımı koymak istiyor köpeğine.

Küçük bir kahkaha attı Sitare:

Sen ne dedin?

Müsaade etmedim tabiî.

Müsaadeni almadan da koyabilirdi adını, dedi.

Ama o zaman o ad benim adım olmazdı, dedim, herhangi bir ad olurdu. Bu adın köpeğine verildiğinin bilincinde olmamı istiyor, önemli olan bu onun için.

İnsanların harika yaratıklar olduğuna her zaman inanmışımdır, dedi Sitare, aslında biliyor musunuz, biz hepimiz lüzumundan fazla ciddiyiz.. belki de bunun için mutlu olamıyoruz...

Gürültü alabildiğine yükseliyor ama artık aldırmıyoruz ona. Kendi sessizliğimizi korumaya çalışıyoruz. Bizim bu ciddi sessizliğimize uymayan bir Marti sanırım aramızda. Yüzü gitgide sıkıntıya bürünerek seyrediyor çevreyi. Birbirimize bakınıp duruyoruz.

Saat kaç? diye soruyor Sitare.

Söylüyorum.

Zelda, diyor, kimseyi aldatmadığıma emin olabilirsin canım.. özür diliyorum.. mesele hiç senin düşündüğün gibi değil.. öyle olsaydı, yani gerçekten sevseydim.. ne yapmam gerekiyorsa onu yapardım.. şimdi kalkmak zorundayım.. hakkımdaki duygularınızda yanılmışsanız bunun sorumluluğu size ait..

Sitare sen sayıklıyorsun gene, diyor Zelda.

Hayır, belki bir daha.. kim bilir? Hiç görüşemiyebiliriz.. Otuzbeş yıl idareli kullanılırsa hiç de az sayılmaz bir insan için..

Sitare, diyorum endişeyle, gene başlama..

Hayır sevgilim, diyor, bitiriyorum..

(Bana ilk kez böyle sesleniyor, içim "cız" ediyor nedense, sevinemiyorum.)

Benim tutkuyla elde etmek istediğim hiçbir şey olmadı hayatta, diye sürdürüyor konuşmasını, belki biraz da bunun için çekilmez oldum.. kendimi yanlış anladığımı hiç sanmıyorum.. şimdi müsaade ederseniz gideceğim ben..

Birlikte kalkalım, diyorum.

Hayır canım, yalnız gideceğim.. sabaha kadar aramayın beni..

Ayağa kalktı. Ben de onunla birlikte kalktım.

Otur sen, dedi, yalnız gideceğim.

Sonra Yavuz'a baktı:

Marti'yle iyi geçinin canım, dedi.

Bir robot gibi çökmüştüm sandalyeye yeniden.

Uzaklaştı. Uzaklaşırken:

Bay bay, diye el salladı hepimize.

Birbirimize bakıp kalmıştık. Orkestranın çılgın gürültüsü korkunç çığlıklar halinde durmadan yükselmeye devam ediyordu.

*

Rüzgâr, üçer beşer kişilik kümeler halinde yazıya giden kadınların üstündeki paçavraları uçuşturuyordu. Rüzgâra karşı kendilerini korumadan yürüyorlardı. Bazılarının ellerinde bağ çubukları vardı. Göğün koyu mavisi daha açılmamıştı. Tepeye doğru alabildiğine koyulaşıyordu. Doğuda beyaza kaçan soluk maviler, dağ uçlarıyla birleşen yerlerinde adeta sis haline gelmiş, kül rengine dönüşmüş, ustaca sıvanıp kalmıştı orada. Pınarbaşı vadisinin ağaçları rüzgâra rağmen sallanmadan, yekpare bir renk olarak duruyordu. Yollardan tozlar kalkıyor, küçük helezonlar yaparak dönüyorlardı. Henüz uykusundaydı şehir. Bu küçük kıpırdanışlar, perdeleri çekili evlerin önünde, şehrin düşü gibi bir şeydi. Uykusunda düş görüyor gibi ya da sayıklayan bir çocuk gibi. Gecenin "facialarını" unutmuş, o facialar kendi içinde olup bitmemiş gibi, onlardan habersiz gibi uykusunun son düşünü yaşıyordu.

Sokak lambaları sanki söndürülmeye unutulmuş gibiydi, öyle yanıyorlardı. İhmal edilmelerine gücenmiş bir halle.. bununla birlikte ortalık daha büsbütün aydınlık değildi. Pencerelerin perdeleri, kapılar örtülüydü. Terkedilmişlikten çok ihmale uğramış bir hal sinmişti her şeye. Sokakların toprak örtüleri, ara caddelerin parke taşları, asfaltın sökülmüş, bozuk yerleri, ağaçların tozlu yaprakları, sokak aralarında rüzgârın çıkardığı uğultu.. rüzgâr, su birikintileri üzerine toz taşıyor, birikintiler hafifçe, görünür görünmez bir ırgalanmayla küçücük kıpırdanışlarla halkalanıyordu. Bir bebeğin tiz bir çığlık halindeki ağlaması bir sokağı bütünüyle doldurdu. Ana, uykulu bir alışkanlıkla elini yatağının kenarındaki beşiğe uzattı, sallamaya başladı, tahta beşiğin tahta döşemeye sürtünmesinden çıkan gıcırtının sesiyle bebek kısa bir süre sustu, sonra yeniden ağlamaya başladı.

Yaşlı adam acaba bebeğin sesine mi uyandı? Yoksa hiç uyumamış mıydı? Ama bebeğin sesi işitildiği anda o da kucağında duran kitabı yokladı pörsümüş, kalın, küt parmaklarıyla.

Asma yaprakları hışırdıyordu. Yapraklarının bazısı incir yaprağı kadar kart görünüşlüydü. Sıhhatsiz, koyu bir renkleri vardı. Üst baştaki damın bütün tozu bu yaprakların üstüne yığılmıştı.

Ökkeş usta, yanında uyuyan karısını dürttü.

Salha, kalk, sabah oluyor.

Kadın uykusunun arasında homurdanarak arkasını döndü.

Ökkeş usta yeniden dürtükledi kadını.

Nerdeyse ezan okunacak, kalk hadi..

Kadın isteksizce kımıldandı, hafifçe doğruldu. Gözlerini açıp kocasına baktı.

Düş görüyordum, dedi.

Hayırdır inşallah, dedi Ökkeş usta.

Bağ damını onarmışız, üzümler olmuş, rahmetli anamla mâsereyi yakmaya uğraşıyoruz. Belki on mâsere kaynatacak kadar odun yığılmış. Genç kızlığımda gibiyim. Her şey bolluk. Sen de damın kehine çömelmiş bizi seyrediyorsun. Seninle güya daha evlenmemişiz ama bizim çocuklar da oralarda oynuyor. Ne acayip insanın düşü...

Hayırdır inşallah, dedi Ökkeş usta, oğlanı da uyandır, bugün bağa gitsin, zerdalilerin olanlarını toplasın..

Kadın kalktı yataktan.

Yaşlı adamın bahçedeki güllerinin birkaç tanesi daha taç yapraklarını patlatarak başlarını dışarıya uzattılar, şaşkın, kırmızı kırmızı dünyayı seyrettiler.

Yazıya giden kadınların üstündeki paçavraları rüzgârla uçuşuyordu. Ayaklarındaki erkek kunduraları taşlara çarptıkça tok yankılar çıkarıyordu. Gök açıktı. Çobanyıldızı parlıyordu.

Çarşıbaşı'ndaki bir iki paçacı dükkânının bacasından ilk dumanlar göründü. Masmavi, taze dumanlar rüzgârın etkisiyle hışımla savruldu.

Nahıra gitmek için hazırlanan bir inek, horozdan daha acele davranarak böğürdü bir kez. Onun sesini duyan horoz kanatlarını çırptı, silkelendi, boğazını göğe doğru yükselterek muhteşem bir sesle uzun uzun öttü. Komşunun horozu bu ötüşe cevap verdi.

İşte o sırada saba makamından günün ilk ezan sesi işitildi. Şehirde kırktan fazla cami vardı.

Yaşlı adam kucağındaki kitabı kapattı, ayağa kalktı. Kitabı, duvardaki tahta çıkıntının üstüne bıraktı. Odaya girdi. Çocuk, yorganı üstünden atmış, derin bir uykuyla uyuyordu. Yaşlı adam, çocuğu uyandırmaya kıyamadan seyretti onu. İçinden neler geçirdi, Allah bilir? Sonra dayanıksız, kurumuş bir sesle:

Ahmet, yavrum, dedi, ezan okunuyor.

Çocuk, beklenmedik bir tez canlılıkla gözlerini açtı, hemen yataktan fırladı.

Ezan mı? diye sordu dedesine, ben de uyumıyayım da seni kaldırayım diyordum..

Zararı yok, dedi yaşlı adam, hadi abdestini al.

Sen aldın mı? diye sordu çocuk.

Ben aldım, hadi geç kalmayalım..

Çocuk koşar adım indi merdivenleri. Aşağıdan bağırdı:

Namazdan sonra bize gidecek miyiz?

İnşallah, dedi adam.

Acele adımlarla yürüyen tektük insanlar vardı şimdi sokakta. Uzaktan, yakından birbirine karışmış ezan sesleri her taraftan duyuluyordu. Bazı evlerin ocaklarından dumanlar yükseliyordu.

Ökkeş usta abdest almış, kurulanmıştı. Dışarıya, karısına seslendi:

Çoraplarım nerde Salha?

Kadın:

Görmedim ben, dedi, akşam nerde çıkardıysan oradadır.

Sanki ben bilmiyorum o kadarcığını, diye söylendi Ökkeş usta. Sonra kerevetin altından çıkarıp aldı çoraplarını.

Yaşlı adamla torunu ellerinden geldiğince hızlı hızlı yürümeye çalışıyorlardı. Adam, hayretle, şaşkınlıkla, dehşetle seyrediyordu yürürken.

Hasbinallah, deyip duruyordu sık sık, bu kadar değişmeyi aklımdan geçirmiyordum doğrusu. Biliyor musun elli yıl. Tam elli yıldır. İlk kez çıkıyorum ben sokağa..

Çocuk, elli yılın ne demek olduğunu tahmin etmeye çalışıyor ama bir türlü kafasında canlandıramıyordu bunu.

Biliyor musun, beni getirip buraya gözüm kapalı bıraksalar da işte senin doğduğun yer burası deseler, inanmazdım.

Ama dede, dedi Ahmet, bunların hiçbiri yeni değil ki, çoktan beri var.. şimdi aşağıda, Bahçelievler'in orada daha büyük bir apartman yapılıyor kaloriferli olacakmış..

Kaloriferli mi? diye sordu adamcağız. Belki de hayatında ilk kez duyuyordu bu kelimeyi.

Evet, dedi çocuk beş kat çıkacaklarmış.

Beş kat mı? dedi adam.

Yanlarından hızla bir taksi geçti. Adam ürküntüyle baktı arabanın arkasından. Elinde olmadan kendini duvarın yanına çekti.

Çocuk anladı.

Korkma dede, dedi, kenardan gidiyoruz biz, çarpmaz.

Hay Allah, diye söylendi adam biraz utanarak, daha da çok öfkelenerek.

Dehşetle bakıyordu her şeye. Tanımayarak, bilmek istemeyerek, öfkelenerek.. bu değişmeyi, bu birdenbire ortaya çıkmayı havsalası almıyordu. Bazı vitrinlerin ışıkları söndürülmemişti. Camlardan çeşit çeşit, renk renk öteberiler görünüyordu.

Şimdi herkes malını böyle meydana mı koyuyor? diye sordu çocuğa.

Nasıl? dedi çocuk.

Adam camı gösterdi sakalıyla.

Vitrin mi? dedi çocuk.

Sesini çıkarmadı adam. Artık bir şey sormamaya karar vermişti.

Duvarlara yapıştırılmış afişler, resimler, yazılar, yer yer yükselmeye başlayan inşaat iskeletleri, beton yapılar, kaldırımlar, parke taşları, asfalt, çeşmeler, elektrik direkleri, arada bir yanlarından geçen araçlar, bazı vitrinlerde yanıp sönen ışıklar, her şey.. daha sabahın sessizliği, mahmurluğu içinde olmasına, daha büyük gürültü ortaya çıkmamasına rağmen başını döndürmüştü. Merakla değil, belli bir iğrenmeyle, öfkeyle kahırla bakıyordu.

Nasıl göz yummuşlar? diye söylendi.

Efendim dede? dedi çocuk.

Hiç, dedi yaşlı adam, bereket yok diyorlardı da.. şimdi görüyorum sebebini.

Ana caddeye geldiler.

Dere ne tarafta kaldı? diye sordu adam.

Ne deresi, diye sordu çocuk, hangi dere?

Şu uzun oluk canım, dedi adam.

Bilmem, dedi çocuk, dere falan yok burda.

Adam şaşırdı ama sesini çıkarmadı.

Hiçbir şeyi tanımıyordu. Bütünüyle yabancısı olduğu bir şehirde olduğunu üzüntüyle kabul etti.

Nihayet camiye geldiler. Geniş, taş merdivenlerden indiler, avluyu geçtiler. Avluda birdenbire su şarıltıları işitilmeye başladı. Burası değişmemiş, diye düşündü adam. Çocuk, kapının üstündeki meşin, ağır örtüyü kaldırdı, içeriye girdiler. Ayakkabıları ellerindeydi, kapının yanındaki rafa bıraktılar. Caminin içi genişti. Kendilerinden önce ancak kırk elli kişi gelmişti. Mihraba yakın yerlerde diz çökmüş oturuyorlardı. Ama geniş boşluğun içinde daha azmış gibi görünüyorlardı. Adam, camiyi tıklım tıklım dolu bulacağını sanmıştı. Birden az bir cemaat görünce şaşırdı ama bu şaşkınlığının yersiz olduğunu anlamakta gecikmedi. Onu asıl şaşırtan, ayakkabılarını bıraktıkları rafta bir fötr şapka görmesi olmuştu. Birden tüyleri diken diken oldu. Kendisi yol boyunca takkesini çıkarmamıştı. Farkında olmadan başını yokladı, takkesi yerindeydi. İnsanların kiminin başı açık, kimileri takkeliydi. Her şeye şaşırıyordu. Yerler zengin halılarla döşenmişti, bu da çok şaşırtıcı göründü ona. Ama susmaya karar vermişti. Mihraba doğru yürürken dönüp arkasına baktı, az önce gördüğü şapkaya.. oradaydı; yanlış görmemişti. "La havle.." diye mırıldandı. Kendini zapt etmeye çalışmasına rağmen içi tuhaf bir karşı koymayla, isyanla yüklendi. Orada, diz çökmüş oturan insanların arasında bir yere iliştiler. Birkaç kişi, tesadüfen dönüp baktı. Fakat kimse tanımamıştı onu.

Cemaat sessizce oturuyordu. Gelenler, Çarşıbaşı'nın erkenci esnafıydı. Hemen herkes birbirini tanıyordu. Ya da en azından birbirlerine göz aşinalıkları vardı. Yüz yüze tanışmamış, birbiriyle bir kez olsun konuşmamış olanlar bile birbirinin yabancısı değildi burada. Bu tanıma, yalnız göz aşinalığından ibaret de değildi: birbirlerinin ticarî ilişkilerinden, alacaklarından, borçlarından tutun, kim kimin nesi, kimin huyu nasıl, kimin malı mülkü var, en ince ayrıntılarına değin herkes birbirini biliyordu. Yaşlı adamın geldiğini fark etseydiler, aralarında onu tanıyanlar da bulunacaktı. Fakat onun sessizce gelip aralarına oturduğunu hemen hiçbiri fark etmedi.

Yaşlı adam, alışmış olduğu kendine özgü diz çöküşüyle oturmuştu: dirseklerini uyluklarına dayamış, öne doğru biraz eğilmiş, başı yerde.. üstüne oturduğu halıyı inceliyordu sanki. Kendi kendine izah edemediği bir değişiklik vardı bunda da: caminin, o bildiği yapısı değişmemiş olmakla, her şey kendi zamanlarındaki yerinde durmakla birlikte bir şeylerin korkunç biçimde değişmiş olduğunu sezinliyordu. Bildiği, beklediği sadeliğin dışına çıkmıştı her şey.. tüylerle, renklerle süslenmişti.

Yanında, siyah bir eteğin uçuşarak, sürünerek geçtiğini hissetti. Hafifçe başını kaldırıp baktı. Cübbeli, sarıklı bir genç adam.. hoca! Bunca insanın içinde kıyafetini değiştirmemiş olan bir o vardı. Nasıl olur? Nasıl cesaret edebilmişti buna? Kendini tutmasa, bu genç adamın cesaretini hemen o anda tebrik edecekti. Fakat hayretle bakıp kaldı arkasından. En çok şaştığı bu kıyafet içinde olan ikinci bir insan yoktu aralarında. O zaman, bu genç adamın kıyafeti büsbütün gözü karalık olarak beliriyordu. "Böyle birkaç kişi daha olsa, her şey çok kolay" diye düşündü. Sezdirmeden cemaate dikkat etti. Bu olağanüstü duruma kendinden başka kimsenin önem vermediğini, kimsenin dikkat bile etmediğini gördü. Buna şaşırdı. Nasıl insanlardı bunlar? Şaşılacak, şaşılması gereken hiçbir şey karşısında hiçbiri istifini bozmuyordu. Nerdeyse düş gördüğüne inanacaktı.

Müezzinin salâvatıyla sünnete kalktılar.

Sonra müezzin kamet getirdi. İmamın arkasında sıralandılar. İmam "Safları düzeltelim" diye uyardı cemaati. Birbirlerini gözleyerek düzelttiler safları. Yaşlı adam imamın arkasında duruyordu. O genç, sarıklı adam.. namazı onun kıldıracağını tahmin etmişti. Çünkü ancak bu gözü karalıkta olan biri harekete geçirebilirdi ümmeti. Çok sevdiği bir sûreyi okuyordu imam, Errahman sûresi. Arapça bilmezdi ama birçok sûrenin Türkçe meallerini biliyordu. İmam okudukça içinden geçiriyordu: "...Artık gök yarılıp da kırmızı sahtiyan gibi bir gül olduğu zaman/Rabbinizin hangi nimetlerini sayarsınız yalan/...Mücrimler simalarından tanınır da yakalanır perçemleriyle ayaklarından/Şimdi Rabbinizin hangi nimetlerini sayarsınız yalan..."

Her şeyi unutmuştu. Genç imamın kıraati güzeldi. Allahın huzurunda olduğunu düşünerek imama uyuyordu. Nihayet selâm verdiler, sağındaki meleklere, cemaate ve imama; solundaki meleklere ve cemaate..

Kıpırdamadan durdu; müezzinin sesi işitildi: "Allahumme entesselâmu..." Sonra tesbih ve dua.. hiçbir eksik bırakılmamıştı. Hepsi yerli yerinde, sırasıyla.. en son, cemaati Fatiha okumaya çağırdı imam.

İşte o sırada, cemaatin daha Fatiha'yı bitirip bitirmediklerine emin olmadan, birçoğunun ayağa kalkıp gitmekte olduğunu gördü. Kendisi acele etmeden okudu. Nihayet o da duasını bitirdi, torununun omzundan tutarak kalktı. İmam da yerinde değildi. Camiden çıkan insanların arasında tek başına yürüyen sarığın o olduğunu anladı. İmamı yakalayıp bir şeyler söylemek istiyordu ama ne diyeceğini bilemiyordu. Nihayet dışarı çıkabildiler. Şimdi son cemaat yerindeydiler. Kalabalık dağılmamıştı henüz. İmamın dışarı çıkmasını bekledi bir kenarda. İmam kapıda göründü. Birden dehşete kapıldı. İlkin o olup olmadığında tereddüt etti. Fakat hayır, oydu. Ama üzerinde cübbesi ve sarığı yoktu. Ama kendisini asıl dehşete salan, sakalı da yoktu. Az önce bunu fark etmemişti. Tam bir sarsıntıydı bu.

İnsanlar, diye seslendi.

Kimse işitmedi onu. Sesi, ayakkabılarını giymeye çalışan insanların uğultusu arasında kayboldu. Poyrazın ıslığı, kalın duvarlara çarpan tok sesler ve minarenin tepesine yuva yapmış bir leyleğin gagasının takırdaması arasında..

İnsanlar, dedi yeniden.

Bir iki kişi dönüp baktı ona, aldırmadan. Yaşlı adam, avluya bakan tarafa yaklaştı, oradaki sütunun yanında durdu.

Ey cemaat-i müslimîn, dedi, bekledi.

Bu kez sesini herkes duymuştu.

Durup baktılar adama. Bazıları dileneceğini sandı onun. Ceplerinden para çıkarmaya hazırlandılar. Fakat adamın yüzünde bir dilenci ifadesi olmadığını, tam tersine vakur, hâkim ve emredici bir yüzle, ateşli bakışlarla kendilerine baktığını görünce duraksadılar. Yaşlı adam, bakışlarını önünde duran insanların üstünde gezdirerek konuşmasını sürdürdü:

Ey cemaat-i müslimîn ve gafilîn..

Az önce içerde gördüğü fötr, şimdi önünde duran başların birinin üstündeydi. Yaşlı adam, sanki anlamak isteyen, öğrenmek isteyen bir ses tonuyla:

Sizler nasrani misiniz? diye sordu.

Önünde birikmiş olan yirmibeş-otuz kişilik bir küme insan hayretle onu seyrediyordu. Adam, uzak bir yoldan gelmiş gibiydi, ama bunu düşünenleri adamın tertemiz giyimi yalanlıyordu. Öyleyse kimdi? Birkaç kişi fısıldaşarak birbirine sordular adamı: "Kim bu?"

Yoksa mecusi misiniz? dedi adam.

Ne istiyorsun babalık? diye sordu aralarından biri. Fakat öbürleri, bu tuhaf adamdan gözlerini ayırmadan seyrediyordu onu.

Dur, konuşsun, diye biri dürtükledi az önce konuşanı.

Hangi millettensiniz? diye sordu adam, gözlerini kalabalıkta dolaştırarak.

Avlunun hemen dışından başlayan yoldan bir araba geçti, arabanın bıraktığı gürültü caminin duvarlarına çarparak dağıldı, son cemaat yerinin boşluğunda uğuldayan poyrazın sesine karıştı, sesler yankılar yaparak sınırlarını, niteliklerini kaybetti, gitgide karışık bir uğultuya dönüştü yeniden. Yaşlı adamın ses vurgusu, sütunun yanında yeni yapılmış ayrı bir sütun gibi kımıldamadan duruşu orada birikmiş, kendini seyreden insanların üstünde büyüleyici bir etki bırakmıştı. Nereden geldiğini bilmedikleri bu tuhaf adam birkaç söz söyledikten sonra, sanki gözlerinin önünde kaybolup gidecekmiş gibi bir duyguya kapıldılar. Poyrazın uğultusundan başka bir şey duyulmuyordu.

Adam, onların yüzünün, gözlerinin arkasına, ötesine bakıyor gibiydi. Herkes, bu ateşli gözlerin tek tek her birinin üstünde ve yalnız kendi üstünde çakılıp kalmış gibi bir duygu içindeydi.

Şimdi namazdan çıktığınıza göre siz İslâm milletindensiniz, dedi adam bakışlarını o belirsiz, bilinmeyen noktadan ayırmayarak. Ve devam etti:

Ama bunu ispat edebilir misiniz? Siz buraya, camiye namaz kılmaya geldiğinize göre İslâm'a uyan insanlarsınız? Fakat hani İslâm'ınız?

Tuhaf adamın, sözü nereye getireceğini merak ederek beklediler, anlaşılmaz gibi görünen sözlerin arkasında bu adamın gizli ve kesin bir diyeceği olduğunu, hatta bu diyeceğini söylemiş bulunduğunu sezer gibi oldular ama henüz anladıkları, sezinledikleri şeylerin ne olduğunu kendi kendilerine söyleyebilecekleri kadar bilinçlerine işlememişti bütün bunlar. Sadece içten içe işleyen, izahsız bir tedirginlik doğuran bir duyguydu bu. Rahatsız, tedirgin bakışlarla seyrediyorlardı adamı. Adam, ihtiyar ama dinçliğini yitirmemiş ses tonuyla konuştu gene:

Allah celle celâluhû, dedi gözlerini diktiği o belirsizlikten ayırmadan.

Kalabalık içten içe ırgalanır gibi oldu, başlarının üstünden akan rüzgâr saçlarını uçuşturuyordu. Adam, hiç kıpırdamadı, yeni yapılmış küçük bir mermer sütun gibi.

... sizden öncekileri niçin helâk etti biliyor musunuz? dedi, çünkü onlar kâfirlere benzemeye başlamışlardı.

Kardeşlerim!

Kalabalık ırgalandı gene.

... içinizdeki İslâm'ı gösterin. Çünkü İslâm, sizin üzerinizde görünmek ister. İman gizlidir, İslâm açık. İman kalbdedir, İslâm zahirde. İslâm şeriatsa, şeriat sizin amellerinizde görünmek ister.

Yaşlı adam sustu gene. Sözlerinin anlaşılıp anlaşılmadığını irdelemek istiyordu sanki. Ama susması çok kısa sürdü. Yeniden konuştu:

Söz çok, ama sözlerle oyalanacak vakit yok. Hani amelleriniz? Benim gibi zamanın uzaklarından gelmiş bir garip sizi şu halinizle görse, vallahi size müslümanlar demezdi. Sizler namaz kılan nasranîlere benziyorsunuz. Namaz kılıyorsunuz ama görünüşünüz nasranîler gibi. Kardeşler! Dışı kâfire benzeyen insanın içi de ona benzemeye başlar. Söz çok, ama uzatmaya gerek yok. Dönüş yakındır.. O'na döndürüleceğimiz gün yakındır, pişmanlığın fayda vermeyeceği dem gelmeden hemen tevbeye sarılın. Allahtan korkun. Dediklerimi anlamaya çalışın. O gün, hakîr ve zelil insanlar olarak Allahın huzuruna çıkmak ister misiniz? Kâfirleri dost edinenler ve onlara benzemek isteyenler onlardan olur. Onlar zalimlerdir. Zalimler olarak huzura varmak ister misiniz? Sözlerimi düşünün. Boşa konuşmadığımı anlayın. Haydi, herkes şimdi işinin başına, siz Allahtan sizi korumasını dilerseniz Allah sizi korur.

Ortalık iyice aydınlanmıştı. Güneş doğmak üzereydi. Oradaki insanlar daha da dinlemek istiyordu. Fakat adamın sustuğunu ve sözü uzatmayacağını anlamışlardı. Küçük, önemsiz bir hareket yaşlı adamın dikkatinden kaçmadı: önünde dağılmaya başlayan insanlar arasında biri, başından şapkasını çıkarmış, avucunun içinde buruşturarak sıkıyordu. Bu adamın tek başına, yüzü yere eğik gidişini seyretti arkasından, elinde kara bir nesneyi sıkıp buruşturarak ve onu atacağı bir yer aranarak.

Ökkeş Usta dükkânına doğru adımlıyordu. Arkasından dükkân komşusu Bekir Efendi seslendi. Çarşı içinde, kaldırılan bir iki darabanın sesi, derin yankılar yaptı. Ökkeş Usta'yla Bekir Efendi yan yana yürüyordu şimdi.

Kimdi bu? diye sordu Bekir Efendi.

Bir derviş herhalde, dedi Ökkeş Usta, böyle birinin yaşadığını işitmiştim ben..

Sonra durdu, düşündü:

Gül yetiştiren bir adamdan söz ediyorlardı, o olmasın?

Ben de duymuştum, dedi Bekir Efendi, belki de odur.

Evet, evet, dedi Ökkeş Usta, hiç şüphem yok, gül yetiştiren adamdır bu, çünkü..

Sustu gene, sözünü bitirmedi.

Çok sarsıcı konuştu, dedi Bekir Efendi, yalnız sesi değil, kendisi de hatiflerden gelmiş gibi.. üstüne dikkat ettin mi? Elli yıl önce giyilirdi bu entariler.. hatırlıyorum, rahmetli babamın da vardı böyle bir entarisi..

Bizi nasranîlere benzetti, dedi Ökkeş Usta.

Evet, dedi Bekir Efendi, nasranîlere mi benziyoruz acaba biz? Onlara benzetti bizi.

Bilmese söylemezdi, dedi Ökkeş Usta.

Söylemezdi, dedi Bekir Efendi.

Dalgın dalgın ayrıldılar. Birbirlerine bakmadan, yan yana duran dükkânlarını açmaya koyuldular.

*

Gümüşsuyu sırtlarında konservatuar öğrencileriyle üniversitelilerin devam ettikleri, Boğazı ve Marmara'nın küçük bir bölümünü, karşıda Adaları, Üsküdar'ı, Haydarpaşa'yı, Kadıköy'ü gören, platolar halinde alt alta sıralanmış bahçelerin meydana getirdiği büyük bir "çay bahçesi".. Boğaz ve Marmara avucunuzun içinde gibidir. Buna rağmen uzaktan geçen şileplerin, gemilerin, şehir vapurlarının, mavnaların sesini işitemezsiniz.. koca koca şilepler oradan bakılınca bir çocuk oyuncağı gibi görünür. Marmara'nın akşamüstü görüntüsü, dibinden bir volkan fışkırıp dağılmış ve suyun yüzeyinde bir an donup kalmış gibi durmaktadır. Bu kıpkırmızı donmuş krater öylesine durup bekler ki, dalgın dalgın bu korkunç hüznü seyreden biri, aynı görüntünün hiç değişmeden sonsuza değin orada kalacağını sanabilir. Fakat kırmızıdan maviye, oradan da laciverde ve siyaha doğru değişen, ama katiyen bu dönüşümü bir darbe halinde ortaya koymayan uslu, yumuşak değişim, bu bir çeşit tabiat evrimi gözleri oradan çekerek, Üsküdar'da görünmeye başlayan ışıklara doğru kaydırır. Gözler dinlenmiş midir, daha mı yorulmuştur, bilemezsiniz.

Kendinden emin görünen kız öğrenciler yanlarında yeni yetme arkadaşlarıyla, kimileri göğüslerine bastırdıkları kitapları, ellerinde nota parçalarıyla platolardan aşağı inen merdivenlerde birdenbire belirirler.

Ortalıkta hafif bir kaynaşma başlar ama az sonra herkes, her şey eski halini alıverir. Şarkıcıların, ağızlarını ve ses vurgularını Türkçe olmayan bir dile benzeterek söylemeye çalıştıkları "aranjmanlar" bu hafif kaynaşma içinde birden ortaya çıkar ve kendini gösterir gibi olursa da, bu iğreti bir şeydir, her şeyle birlikte o da yavaş yavaş sessizliğin, durgunluğun havasına karışıp gider ve artık duyulmaz olur. Belki nereden geldiğini kestiremediğiniz uzak ve boğuk bir vapur düdüğü, bir vinç sesi, aşağılarda, suyun enginliklerinde mavi örtünün üstünde süzülen beyaz birkaç martının niteliğini kaybetmiş ötüşleri, belirsiz, kaynağı bilinmeyen kesik bir kahkaha ya da üst üste devrilen, gemilerden boşaltılan ve boşatılırken parçalanan fıçılar..

Bütün bunlar niteliksiz ve belirsizdir, bir çerçeve içine yerleştirilmemiştir.

Kapalı bir Haziran göğü..

Aslında belki kapalı değil: kurşunî denizden göğe, oradan da tekrar yeryüzüne yansıyan, ağaçların yaprakları arasından yere vururken kırılan, dağılan, şehrin boğuk gürültüsüyle karışan, alacalı, kurşunî bir hava..

Şimdi, burada oturanlar bir akvaryuma hapsedilmiş gibidir: davranışlarının, seslerinin dışarıyla bağlantısı yok, ne de dışarının bunlarla, burayla. Oysa liman fazla uzaklarda sayılmaz, iskele dubalarına atılan ayak bileği kalınlığındaki kendir halatların kanırtılmasından yayılan inlemeler, balıkçıların bağrışmaları, köprünün ek yerlerinden durmadan yükselen demir şakırtıları, bütün vücuduyla köhne dubaların üstünde sarsılan köprü, köprünün altından bacalarını eğerek geçen mavnaların çaçaron bir kadının kavgacı sesiyle yükselen düdükleri, turnikelerin her dönüşünde çıkardıkları süreklilik kazanmış o madeni sesi, klaksonlar, fren gıcırtısı, troleybüs boynuzlarının elektrik tellerinden ayrılırken isyan edici bir tonla böğürüşleri, az yukarıdaki caddenin yokuşunu inleyerek, öfkeli homurtularla söken araçlar.. hiçbiri, hiçbir şey çok uzaklarda değildir. Batakhaneler, pavyonlar, oteller, buluşma evleri, meyhaneler, lokantalar, pastaneler, buralarda geçen ıslak, rutubetli, entrika yüklü, dönek, kancık hayatlar.. bunlar da uzaklarda değil. Galata Kulesi, yüksek kaldırım, yahudiler, rumlar.. Akvaryumun manzarası çerçevenin dışında kalmış minare ve kubbe siluetleriyle tamamlanıyor: Ayasofya, kalın bedenli minareleriyle, Sultanahmet özenle döşenmiş görkemli bir tepecik halinde ve sayısız minareleriyle.. çerçevenin dışında kalmış olmanın hüznüyle mi, desem, yoksa sevinciyle mi?..

Bahçenin girişindeki telefon kulübesine girdim.

Hemen arkamdan bir kız öğrenci koltuğuna sıkıştırılmış kitapları, terli parmakları bir jetonla oynayarak sırada beklemeye başladı.

–Alo.. Banka mı? Tansel'i rica edecektim efendim.. teşekkür ederim.. alo? Benim, evet.. burdayım.. bildiğin gibi.. peki mesaiden sonra.. bekliyorum.

Demir sandalyeler, demir masalar, hepsi beyaza boyanmış, üstlerine serilmiş kırmızı, damalı örtülerin etekleri, püsküller uçuşuyor ama örtü bütünüyle uçup gitmesin diye masaların alt tarafındaki boşluklara çamaşır lastikleriyle tutturulmuş.. Civardan gelen yaşlı bayanlar, emekliler, belli ki, burayı ikinci bir ev edinmişler ya da kendi evlerinin bahçeleriymiş gibi, kendi evlerindeki rahatlıklarıyla sakin sakin oturuyorlar, bir kısmı konuk olarak geldikleri evin bahçesinde ev sahibinin gelmesini bekliyormuşça bir hava içinde ama sabırlı ve kibar, beklemekten huysuzlanmıyormuş gibi bir havayla.. Genç adamların, genç kızların sandalyelerine pervasızca yayılıp oturmaları, dünyayı umursamaz bir halle gevşek ve gürültülü konuşmaları, bütün bunlar saydam ve ses geçirmeyen bir şeyin arkasında oluyormuş gibi.

Dip köşedeki, üstüne dalların eğildiği bir masaya oturdum. Cebimdeki şişkinliğin ne olduğunu o zaman ayırt ettim. İçi dışına çevrilmiş gazeteydi. Uzaktan, arkasında köpükler bırakarak süzülen bir şilep.. kendi gücüyle gitmiyor da görünmez bir halatla sürükleniyormuşça.. gözüm gazeteye takılıyor. Şileple bir yolcu vapuru karşı karşıya şimdi, çarpışacaklar gibi. Ama birbirine değmeden geçiyorlar.

Önceki gün Ankara'da çıkan yangın

16 saat sonra söndürüldü.

Savcılık olayla ilgili olarak çok yönlü araştırma yapıyor.

Yakınımda oturmuş bir küme insan konuşmadan duruyor, sonra birden hep birlikte konuşmaya başlıyorlar. Dazlak kafalı, orta yaşını bulmuş, kibirli adam "Beraber gidelim isterseniz" diyor. "Teşekkür ederim" diyen bir kadın sesi; yaşını belli etmeyen bir ses bu. Kendilerini görmüyorum, seslerini işitiyorum yalnızca.

Bir kahveye ateş açıldı. 3 kişi öldü.
İkisi polis 11 kişi yaralandı.
Polise ait evler ve binalar da kurşunlandı.
Üç ayrı yere patlayıcı madde atıldı.

Görmeden tahmin edebiliyorum, genellikle sade, kalenderce giyinmiş gençler ama sade görünmeye düşkünlüklerinden değil, şimdi herkes böyle giyindiği için. Deniz kurşunî ve temiz, öyle görünüyor, kıyılardaki yosunlar denizin dibinde gizemsel adacıklar halinde. Yakından baksan, iskele kazıklarının çevresine birikmiş çöpler, karpuz kabukları.

Yanan binadan çıkarılan ölü sayısı 43'e yükseldi.

Hemen altında başka bir başlık:

80 yaşında bir adam tutuklandı.

Garson:

Ne içersiniz?

Saat kaç?

Buçuğa geliyor.

İki kişilik semaver öyleyse, dedim.

Atlıyorum. Haberin sonuna bakıyorum.

Delikanlıyla kız önümdeki masaya oturdular, kitaplarını masaya bıraktılar. Delikanlı kızın sigarasını yaktı, sonra da kendisininkini. Parmaklarını sinirli sinirli masaya vuruyordu. "Gelecek misin, gelmeyecek misin?" diye sordu sert bir fısıltıyla. Tam önümdeydiler. Başımı gazeteye çevirdim. "Sıktın ama.." Kızın sesiydi. Oysa görünüşlerine bakarsan..

80 yaşında bir adam tutuklandı.

"Son defa söylüyorum."

"Berbat bir gün geçirdim, diyor kız, hemen karar veremem."

Halkı ayaklanmaya kışkırttığı iddiasıyla tutuklanan ihtiyarın aklî dengesinin yerinde olmadığı sanılıyor.

Bundan bir süre önce…

... evinde yapılan araştırmada Arap harfli kitaplar bulunarak el konulmuştur. Tuhaf bir kıyafetle mahkeme önüne çıkan yaşlı adam "elli yıldır gül yetiştirmekten başka bir işle uğraşmadığını" iddia etmektedir.

"Gelmiyorum mu demek istiyorsun?

"Hayır, anla beni. N'olursun, sıkıştırma?"

Susuyorlar ya da artık sesleri işitilmez oluyor. Uzaklara, adaların bulunduğu yana bakıyorum. Daha pırıl pırıl, ışınlar.. bir nokta halinde görünen vapurlar. Buradan daha iyi belli oluyor ne kadar yavaş hareket ettikleri, bu gidişle okyanusu zor geçer bunlar.

Merhaba!

Birden sıçrıyorum

Hah, geldin mi?

Beklenmedik bir sevinç doluyor içime.

Tansel ince, yazlık elbisesinin içinde. Şimdi bu elbiseyle nerdeyse çocuklaşmış gibi görünüyor. Önceleri böyle değildi sanki. Ya da şimdi böyle geliyor bana. Fakat gözlerine iyice bakınca olgunluğun kesin ışıklarını yakalamanız zor olmuyor.

Yakar mısın?

Afedersin, diyerek çakmağın alevini uzatıyorum ağzına doğru.

Çok bekledin mi? diye soruyor.

Yoo, hayır, oturuyordum. Çarşıya geç kalırız diye düşündüm.

Vakit var daha, dedi, istersen kalkalım hemen.

Çay söylemiştim, içip kalkalım, dedim.

Nasıl gidiyor senin çalışma? diye soruyor.

Bilmem, başlangıçtaki heyecan kalkınca daha ağır ilerlemeye başladı. Bazan bir sayfa bile yazamıyorum günde.

Notların vardı değil mi?

Vardı, ama pek bir anlamı kalmadı şimdi. Keşke sıcağı sıcağına yazabilseydim.

Başaracaksın, diyor, biliyor musun beni kınamazsan bir şey itiraf edeyim sana: senin yazıları ilk kez derli toplu dün gece okudum.

Bana sorarsan hepsi de bayağı şeyler, dedim, alelâde..

Yok canım, bilakis çok canlı röportajlar.. aktüalitesi geçmiş olanlar bile sıkmıyor, zevkle okudum hepsini.. ben anlamam böyle şeylerden ama gerçek olanla hayali iyi kaynaştırıyorsun. Bu kadar geniş hayalin olduğu aklıma gelmezdi.

Sonra saf bir merakla sordu:

Nasıl yapıyorsun bunu?

Dar cadde tıklım tıklım insanla doluydu. İşinden çıkanlar, yolu buradan geçenler, gezmek için gelenler, kıpırtılı, canlı bir kalabalık oluşturmuştu. Camları seyrediyorlar, afişlerin önünde duruyorlar, mağazalara girip çıkıyorlar, ara sokaklardan ana caddeye açılan sokak başlarından bir miting kalabalığı halinde sinemalardan boşalıyorlar, yürüyorlar, acele etmiyorlar, dar hızlı adımlarla kendilerine yol açıyorlardı. Bir iki vitrine baktıktan sonra:

Burası bize göre değil, dedi Tansel, bizi Mahmutpaşa paklar, acele edersek yetişiriz.

Arka sokaklardan geçen dolmuşlardan birine biniyoruz.

Eminönü. Mısırçarşısı. Eminönü'nde yosunlu denizin kokusu, kızarmış balık ve yağ. Mısırçarşısı'nda baharatçılar. Sonra birden, çarşının çıkış yerinde çılgın bir insan yığını, bağrışmalar: satıcılar.

Koltuğumun altındaki eliyle birden bileğimi sıkıyor Tansel:

Baksana şuna, diyor bir vitrindeki balıkçı kazağını göstererek, sana kimi hatırlatıyor?

Bir an bakıyorum kazağa. Kırmızı, mavi, beyaz çizgiler.

Zavallı Sitare, diye mırıldanıyorum elimde olmadan.

Sana söylemiştim, diyor, hatırlıyor musun?

Aslıda hepimiz gizliden gizliye düşünüyorduk böyle bir şey yapacağını.. ama sahiden cesaret edebileceği kimin aklına gelirdi. Bazen öyle dikbaşlıydı ki, ancak böyle biri ölüme meydan okuyabilir diyordum.

Belki de meydan okuduğunu göstermek için öldürdü kendini, dedi Tansel, tuhaf bir ironi var bu işte, tamamen özel bir şey, Sitare'ye mahsus..

Düpedüz umutsuzluk, dedim, şimdi düşünüyorum da gösteriş gibi duran tavırlarının altında yatan şey hep bu zavallı umutsuzlukmuş.. tutunmak istediği her şey sonunda bir sahtekârlık olarak görünmüş..

Hafifçe kolumu sıktı Tansel. Yürümeye başladık. İşportacılar orta yerde bağrışıyorlardı.

Onu sahiden sevdiğine hiç inanmadım, dedi Tansel, bir duygu vardı içinde ama hepimizinki gibi bir şeydi o, aşk değildi.

Karşı kaldırıma geçtik.

Değil mi? diye sordu Tansel

Evet, dedim kısaca, doğru.

Biliyor musun, bizim işin bu safhaya geleceğini rüyamda görsem inanmazdım, dedi Tansel.

Ben de, dedim, aklı başında iki insanın vereceği kararı verdik. Bu işte galiba aklı öne almak en iyisi.

Yalnız akıl mı, diyor, başka şey yok mu?

Gülümseyerek bakıyorum ona.

Başka şeyler de var tabiî, diyorum, istediğin her şey..

O yok diye korkmuştum ben de, diyor eğlenerek, aa Yavuz değil mi şu?

Ta kendisi, diyorum, sonra işportacıların arasından geçen Yavuz'a sesleniyorum:

Yavuz!

Bizi görüyor.

Oo, siz ne arıyorsunuz buralarda? diye soruyor. Nasılsınız?

Alış verişe çıkmıştık, diyor Tansel.

Yahu sizi bir daha hiç göremeyeceğimi sanıyordum, diyor Yavuz, ne alış verişi böyle bu?

Evleniyoruz, diyorum, adresini verirsen seni de çağırırız.

Tabiî, memnun olurum. Çok sevindim, diyor Yavuz.

Senden ne haber, diye soruyorum, Marti n'oldu?

Bırak canım, diyor, dalgaydı bizimki, unuttum bile.

Tekrar Eminönü meydanına geldiğimizde elektrik ışıkları yanmıştı. Gündüzün çılgın, kıpırtılı kalabalığının yerine şimdi daha tedbirli, uslu insan kümeleri gelmişti. Vapurlar boğuk seslerle, boğuk ışıklarla süzülüp geçiyordu. Kadıköy'e giden dolmuş motorlarının çığırtkanları müşteri toplamak için bağırıyorlardı. Yerlerde kâğıt, sebze artıkları, atılmış döküntüler denizden gelen hafif esintiyle uçuşuyordu. Yerlere sıvaşıp kalıyordu. Boyuna arabalar, otobüsler gelip geçiyordu. Meydanın ortasındaki demir köprü, oraya sonradan konmuşluğunu her haliyle belli ediyordu, temelsiz, iğreti.. üstünden elleri paketli, elleri ceplerinde insanlar, tıpkı karıncalar gibi, bir yandan öbür yana durmadan gidip geliyorlardı ve ağızlarında birtakım arpa tanecikleri taşıyarak.. Yeni Caminin güvercinleri kayıplara karışmıştı. Yerlerdeki mısır taneleri süpürülmüştü, gene de birkaç tanesinin ayağınızın altında ezildiğini hissediyordunuz. Kıyıdaki seyyar balıkçıların yaydığı koku, insanların açlığını çoğaltarak yayılıyordu. Bir başka satıcı "badem, badem" diye salatalık dolu arabasını önümüzden geçirdi.

Şurada balık yiyelim mi, ne dersin? diye sordu Tansel.

Elimdeki paketleri korkuluğun üstüne bırakmış, düşmesin diye bir kolumla üstüne bastırmış, karşılıklı bakışarak, uzaklardaki ışıkları seyrederek yiyoruz çeyrek somunların arasına sıkıştırılmış balıklarımızı. Birazdan, az ilerdeki otobüslerden birine bineceğiz. Orada bizi bekliyor otobüs.

Çok nefismiş, diyor Tansel, böylesini çoktan yememiştim.

Çantasından çıkardığı mendiliyle ağzını siliyor.